古典詩歌研究彙刊

第二三輯

龔鵬程 主編

第11冊

中國詩歌形式研究
——以長短句節奏格律為中心（第一冊）

柯繼紅 著

國家圖書館出版品預行編目資料

中國詩歌形式研究——以長短句節奏格律為中心（第一冊）
／柯繼紅 著 — 初版 — 新北市：花木蘭文化事業有限公司，
2018〔民 107〕
序 36+ 目 4+156 面；17×24 公分
（古典詩歌研究彙刊 第二三輯：第 11 冊）
ISBN 978-986-485-288-8（精裝）
1. 中國詩 2. 詩評
820.91 107001416

ISBN-978-986-485-288-8

古典詩歌研究彙刊
第二三輯 第十一冊 ISBN：978-986-485-288-8

中國詩歌形式研究——以長短句節奏格律為中心（第一冊）

作 者 柯繼紅
主 編 龔鵬程
總 編 輯 杜潔祥
副總編輯 楊嘉樂
編 輯 許郁翎、王筑 美術編輯 陳逸婷
出 版 花木蘭文化事業有限公司
發 行 人 高小娟
聯絡地址 235 新北市中和區中安街七二號十三樓
電話：02-2923-1455／傳眞：02-2923-1452
網 址 http://www.huamulan.tw 信箱 hml 810518@gmail.com
印 刷 普羅文化出版廣告事業
初 版 2018 年 3 月
全書字數 449398 字
定 價 第二三輯共 14 冊（精裝）新台幣 22,000 元

中國詩歌形式研究

——以長短句節奏格律為中心（第一冊）

柯繼紅 著

作者簡介

柯繼紅（1973～）曾用名老柯、明夷生，漢族，湖北紅安人，北京師範大 學生物學學士、文學博士，詩人，長期從事新舊詩研創工作，主要著作有碩士論文《論李賀與吳文英的修辭創作》（2005，北師大）、博士論文《中國詩歌形式研究》（2011，北師大）、新詩集《指尖上的童年》（2009）、普及讀物《換種方式品水滸》（2014）、詩話《辯興》《明夷律話》、書話《辯象》以及學術專著《海南古代詩歌史（明代部份）》（2017）等。

提　　要

本書以詩經、楚辭、先秦兩漢魏晉南北朝詩、全唐詩爲背景，從題名 1349 調 30696 首詞中精選出 100 體詞 1209 個句式 76 個句式組合對詞體暨中國詩歌構成規律進行實證研究，這一研究包括兩個維度，一個是縱向的句式、句式組合及宏觀詩體構成三個層面，一個是橫向的「言」（節奏）和「律」（格律）兩個範疇，由此建立起以節奏與格律爲核心的中國古典詩歌形式體系。研究共得到以下具體成果：

一、尋求得到包括詩經、楚辭、漢魏晉南北朝詩、唐詩、宋詞在內的中國古典詩歌的基本句法節奏及句式構成公例，表示爲：

基本句法節奏：【一言節】＋ N×【二言節】＋【三言節】

句式構成公例：

一字豆＋ N×（二言節）＋三字尾（其中：一字豆、三字尾可增減；N ＝ 0–3）

二、研究得出詞暨中國詩歌句式組合的五大規律：疊配、節配、鄰配、領配、偶奇配；指出五大規律支配了詞體 90% 以上的句式組合構成。其中，節配、鄰配、偶奇配均爲重要規律，皆爲首次提出；而尤以節配研究最爲廣泛深入，由此順序解釋了學界很少注意到的騷體、四六文、一半以上詞體的基本節奏問題；領配研究亦達到前人未至之廣度、深度。

三、總結中國詩歌句系構成的疊配規律；發現中國詩歌句系構成的節配規律，指出 65% 的詞體構成受節配規律支配，楚辭與「四六」皆是節配控制體式的典範。

四、從律句觀念演變澄清一千五百年來模糊的律句概念，推演證明啓功所倡之「竹竿律」爲古典詩歌單句格律之最終規律；並以此研究詞體，統計詞體「律句率」達到 91.1%，強有力地證明「詞用平仄律句」理念，給予近代以來王力、啓功、洛地等人倡導之「律詞」以堅實證據。

五、研究得出不同句式在自由組合時的各種細緻格律規律。

六、發現詞體句系格律構成的重要規律「疊式律」;分別驗證了「平平律」「平仄律」對平韻詞、仄韻詞的普遍性，結果表明，寬泛狀態下平韻詞 83% 遵循「平平律」,5% 遵循「仄平律」,12% 遵循「交替律」;仄韻詞 61% 遵循「平仄律」，4.5% 遵循「仄仄律」，11% 遵循「交替律」，4.5% 遵循「特殊交替律」，23% 無明顯規律。並將詩、詞對比，表明中國古典詩歌的宏觀格律控制規律主要即「疊式律」和「交替律」兩種樣式——「交替律」即律詩中「黏對規律」，控制著律詩宏觀格律構成，「疊式律」主要呈現爲平韻詞的「平平律」和仄韻詞的「平仄律」，控制著詞體宏觀格律構成。至此，「古典詩歌雙律」體系得以建立。

七、研究發現平仄雜韻詞的各種韻式規律符合王力的大致描述，並發現以溫詞爲代表的早期詞體在選用韻式方面具有極度自由的特點。古典詩歌用韻的頂峰狀態得以揭示。

本書不足及需要進一步研究的地方：一、取樣過程還顯粗糙（1）「全唐宋金元詞排名」未進行異名合併，僅爲初步；（2）「常用百調異名合併」工作未必完全精確。二、各句式組合的格律研究結果略顯分散，不知道是其本無明晰規律還是本文研究方法所致未能找出明晰規律，尚需作進一步研究。三、以本文而言，句式、句式組合、詞體三個層面的「言」和「律」的核心規律皆已大致明瞭，順次研究千餘詞牌，重估詞史，並以此爲基礎創作「理想詞譜」乃是當然，可惜本文並未進行這一工作。四、本文研究只涉及平仄律，而避開四聲律，雖爲研究側重不同，並時間所限，然實爲遺憾。詩歌分、合乃中國詩歌最迷人之話題，「四聲律」與「平仄律」的聯繫與區別牽繫整部中國詩歌的詩、歌分合過程，乃不可逾越之研究範疇，本文雖對其基本區別與聯繫有理論之清晰看法，但涉及各時代詩、歌之具體情況，並語音事實，與音樂事實，尚需作基礎研究勾勒。五、拗句研究可能涉及四聲律，本文未能進行。六、論文寫作過程存在例證不避繁瑣、自撰術語過多、表格闡釋不足、徵引資料稍少等問題，這些地方需要進一步改進。

自　序

詩以律動、境界爲上。有境界者自成高格，有律動者自成生命。

萬物旋舞於目前，萬聲唱和於耳內，萬象賓至於心中，萬彩紛沓於靈底，是爲律動。

今之知境界者多，知律動者少，高格者殊多，知音者殊少，今之病矣。

孔子三百零五篇，皆絃歌之，嵇生離別遺世，奏廣陵曲，是古之知律者也。

詩無律動，則不足以動人，不足以勸世，不足以爲宇宙黑白，不足以抵生命之大道。生命之道，無非皆律也。高者鏜鉈鏗訇，低者鶯鶯嘪語，深者沉鬱頓挫，淺者淺斟低唱，其遠者炎炎，其近者詹詹，其大者雖宇宙而莫能外，其小者雖睇米而能有節，恢恢宏宏，歡歡皇皇，莫不唱和，莫不中道，莫不律動。律動者，生命之大韻也。

先秦舞樂，盛唐詩書，宋詞元曲，皆氣脈流轉，精神煥發，是律動之最涵富最有生命者。

子曰，始作，翕如也，從之，純如也，皦如也，繹如也，以成，其律動之謂乎。

知道而未知律動者，是不知道，是未中道，是未見生命。

律動者皆有象，是爲格律。詩有詩律，書有書律，畫有畫律，樂有樂律，舞有舞律。知格律者，方能爲律動。

有知律者，有中律者。知律者初知道也，中律者正中道也。知律者不足，中律者足。

詩之律動，半在格律。格律以成，律動半成。

有韻之律動，有節之律動，有調之律動。韻之律動者，協韻也；節之律動者，節奏也；調之律動，聲調平仄也。詩歌之律動分合者，押韻、協節、調聲也。協韻而成韻律，生命之以類相和也，協節而成節律，生命之如海潮漲落也，協調以成聲律，生命之如五彩櫛節紛呈也。

中國詩歌，律動繽紛。韻律之美者莫若詩經，聲律之美者莫若唐律，節律之美者莫若宋詞。

詩經之律動者，大抵頌不如雅，雅不如風。涵泳秦風蒹葭、王風黍離、綠衣伐檀、關雎芣苢數篇，聲氣氤氳，氣韻流動，轉折跌宕，一片神行，眞有如風行水上，折玉齒而漱於波瀾。非深於律動者，不能爲此。

詩經之韻動煥妙者，莫若周南芣苢，方玉潤評之曰「讀者試平心靜氣涵詠此詩，恍聽田家婦女三三五五於平原秀野、風和日麗中群歌互答，餘音嫋嫋，若遠若近，忽斷忽續，不知其情之何以移，而神之何以曠，則此詩可不必細譯而自得其妙焉」，非特謂其意境非凡，更在其聲韻平和，律動不朽。

黍離之製，最是沉痛，其律動一如其失國之悲，句首平鋪，次句歎息，中句卻故反詰，仿若喃喃自語不可約束，至末句方作吶喊，便如曠野之中忽起風雨。全詩若思若問，若哽若咽，又複重章疊韻，一唱三歎，於一篇徘徊迷離文字中叫人失其所。

芣苢之律動，令人和悅；蒹葭之律動，令人惆悵；黍離之律動，令人沉痛；伐檀之律動，令人悲憫；桃夭之律動，令人歡快；無衣之律動，令人感奮；七月的律動，有如娓娓道來；東山的律動，好似喃呢自語。

疊字之美者，在先秦則有「昔我往矣，楊柳依依，今我來思，雨雪霏霏」，在漢魏則有「迢迢牽牛星，皎皎河漢女。纖纖擢素手，箚箚弄機杼」，在六朝則有「採蓮南塘秋，蓮花過人頭。低頭弄蓮子，蓮子清如水」，在李唐則有「春江潮水連海平，海上明月共潮生。灩灩隨波千萬里，何處春江無月明」，在宋則有「尋尋覓覓，冷冷清清，淒淒慘慘戚戚」，在今亦有「我獨自徘徊在悠長 悠長又寂寥的雨巷，我希望逢著一個丁香一樣的，結著愁怨的姑娘」。 疊字之美，律動之最簡者。疊字之美而能如許，何況其他。

音樂家之製，律動最富。嵇康有長清、短側，清眞有六丑、四犯，白石有暗香、梅令。雖多湮滅無聞，然懸揣其律動曲折處，令人有不勝嚮往之致。王國維於清眞多所齟齬，然評其詞「拗怒之中，自饒和婉。曼聲促節，繁會相宜，清濁抑揚，轆轤交往。兩宋之間，一人而已」，蓋於其詞之律動曲折亦有感佩焉。

尋尋覓覓，冷冷清清，淒淒慘慘戚戚，十四字如切金擊玉，磋銀錯石，唇舌相接，齒牙紛湊，於一片繁音促響之中點染境界，律動之清絕，眞乃公孫大娘舞劍手也。

大江東去，浪淘盡，千古風流人物，律動縱橫。

無境界故不能成詩，有境界而無律動者亦不能成詩也。西洲曲，春江花月夜，雨巷，皆律動宏富者，學詩者宜先從此類入。

節律繁複者，大致詩不如詞，詞不如自由詩。然自由詩最難做，非是無律動也，是律動最繁複最自由最明轉天然而無跡可尋也。

採蓮曲之「江南可採蓮，蓮葉何田田，魚戲蓮葉間。魚戲蓮葉東，魚戲蓮葉西，魚戲蓮葉南，魚戲蓮葉北」，於韻律之外別生一種律趣，在詩歌中最是難得。

長短句之律動優美，故以詞爲大成。然詩經之黍離、伐檀，早兆其端。北朝之「敕勒川，陰山下。天似穹廬，籠蓋四野。天蒼蒼，野茫茫。風吹草低見牛羊」，三四相銜，偶奇錯和，律動尤其橫放傑出。

韻式不同，律動各異。一韻到底者和諧，換韻者搖曳。句句韻者纏綿，隔句韻者中和。轉韻者流動，抱韻者顧盼，交韻者頓挫，插韻者靈妙。復韻元者益氣濃烈，聯章韻者澹蕩多情。尾韻者深遠而含蘊，頭韻者最宜先聲奪人。

詩若無韻，律動無根，必得有韻，方始和諧，方始變化，方始頓挫，方始搖曳，方始一唱三歎，方始婉愜多姿。有韻者則氣息生矣，血脈生矣，生機生矣，則頓起，則熱烈、則浪漫，則高興，則氣韻流佈生命於是乎如江河開濬，波浪自湧，生生不息矣。無韻者，則生氣委頓，難與言詩也。

律動無方者，節奏也。節奏變化者，難言也。其中若有易言者，其惟詩詞節律者乎。漢語詩詞，演化緩慢，節律取簡，聲律取繁。漢語詩詞節律之最衷褱定於長短句，其古典詩歌之幸者乎。

律動其難言也。樂律已其難言，詩之格律更其難言。蓋格律尚動，既備格律，復含樂律，非獨樂之五音、八律、宮調、頓挫、旋律、節奏，即言之四聲、平仄、五音、輕重，并陰陽清濁、長短章句、韻式變化，亦須皆加注意焉。易安尚言「詩文分平側，而歌詞分五音，又分五聲，又分六律，又分清濁輕重」，其此之謂乎。

句式不同，律動亦異。三言者短促有力，四言者鏗鏘頓住，五言者平和有致，六言者耿介廉直，七言者聲舒而味永，八言者調疏而語遲，九言者纏綿搖曳而語致多姿，此其粗者也。至其律動之精者，白日依山盡不同於人閒桂花落，秦時明月漢時關不同於昔人已乘黃鶴去，桃紅復看宿雨不同於古道西風瘦馬，故國不堪回首月明中不同於萬里夕陽垂地大江流，蓋四聲靡勒，陰陽開闔，唇齒會至，諸種影響亦與有力焉，非神明精淨不能入其微也。

三言最古，律動短勁，漢賦最喜用之，詞作之中，六州歌頭、滿江紅，如張孝祥、岳飛諸作，用之最美，取其清壯也。然長吉有詩云：「幽蘭露，如啼眼。無物結同心，煙花不堪剪。草如茵，松如蓋，風為裳，水為珮。油壁車，夕相待。冷翠燭，勞光彩。西陵下，風吹雨」，感傷流連，語低聲慢，獨臻婉妙，眞製音妙手也。

律動之如長江大河，濤濤不絕，故非一體一構之律式所能拘束。又如春草蔓生，生生不息，故非一韻一調之律式所能節制。然不由一體一構之律式，不從一韻一調之節制，亦難以達於濤濤不絕之律動，合於生生不息之氣韻也。

明律動者，謂之知音。凡知音，必吟、唱、誦、讀、歌、賦、哼、嘯，合於口耳而默然於心，而後於胸中自然洞徹諸種律式，押韻、協節、調聲燦燦然如無隱者，庶幾可謂之知音，庶幾則可以製律。

氣質不同，律動自異。以唐音而言，王摩詰詩律動清亮，孟襄陽詩律動溫和，高達夫詩律動蒼邁，岑嘉州詩律動倔奇；太白詩律動豪放，少陵詩律動沉鬱，樂天詩律動流蕩，微之詩律動親切；韓退之詩律動遒勁，柳子厚詩律動清綺，劉夢得詩律動粗獷，孟東野詩律動澀苦；李長吉詩律動詭譎，賈閬仙詩律動簡古，杜紫薇詩律動俊朗，李義山詩律動蘊藉。以詞而論，則有飛卿詞律動幽麗，後主詞律動纏綿；同叔詞律動雍容，耆卿詞律動平暢；東坡詞律動清曠，小山詞律動輕敏；清眞詞律動溫婉，少游詞律動潤澤；易安詞律動纖細，希眞詞律動閒適；蘆川詞律動嗚咽，于湖詞律動飛揚；稼軒詞律動雄豪，龍川詞律動嘹遠；龍州詞律動歡快；放翁詞律動韻秀；白石詞律動清空，夢窗詞律動密實；玉田詞律動乾淨，草窗詞律動綿渺。

時代不同，律動亦不同。大抵而言，詩經律動秀美，漢賦律動雄放，駢文律動嚴整，詩詞律動和雅。即以詩詞論，唐詩律動嚴、整、威、武，宋詞律動要、眇、宜、修，詩莊而詞媚，在律動亦有然。

詩莊而詞媚，何也？詩主齊言，威武嚴整，詞勝長短句，錯落搖曳，節律不同，律動自異，此其一也；詩多平韻到底，和諧穩稱，詞勝平仄轉韻，和聲搖曳，韻律不一，律動亦異，此其二也；詩用黏對，語調中庸，詞多疊式，語調纏綿，聲律不同，律動亦異，此其三也；詩初勝在漢末，豪婉並舉，詞初勝在花間，婉約當紅，典則不同，傳承自異，此其四也；詩盛在魏唐，傳歌者男女並美，詞勝在北宋，傳歌者大爲女流，風氣已成，積習難轉，此其五也。以此觀之，則詩莊而詞媚，曰歷史則尚有以，曰體制則多不然，曰律動則尚有以，曰境界則大不然。即以歷史論，早期太白歌辭，雲瑤雜曲，莊媚並舉，並無偏廢，惜宋人多未見之也，至坡公出，號令天下，雄曲遂入詞壇，一新詞人耳目，坡公亦自謂別是一家，然即今觀之，此中頗多誤會，亦堪惆悵也。王靜安言「詞之爲體，要眇宜修，能言詩之所不能言，而不能盡言詩之所能言。詩之境闊，詞之言長」，以律動觀之則有以，以境界視之則不必然，今之作者宜當仔細辨析。

詞中領字，宜用去聲。一字之領，提起全篇律動精神。

格律有品。前後協韻，進退有序，聲調初會，此爲下品。韻氣徐徐，進退中節，聲調抑揚，此爲中品，韻氣洋洋，節律頓挫，聲調飛動，此爲上品。韻氣流動，如水布春田，節奏紛沓，如鼓點擊玉，聲調和鳴，如百鳥朝鳳，斯可爲妙品；韻氣貫注，如春臨萬物而欣欣，節奏飛騰，如萬馬奔騰而濤濤，聲調悠遠，如佛說莊嚴而殤殤，斯可爲神品矣。

格律之品，從於口，驗於耳，而成於心。大抵律動通達者越下品，律動悠揚者越中品，律動悠遠者居上品，橫豎爛漫者爲妙品，玄寂無聲者爲神品。律動初成，尚不足以言品也。

驗之於人，則太白、少陵、摩詰、江寧，庶幾可謂律動神品者乎？東坡、稼軒、清眞、白石，庶幾可謂律動妙品者乎。

質之於詩，則芣苢、蒹葭、短歌、龜壽，赤勒、採蓮、西洲、春江，輞川、從軍、蜀道、將敬，登高、秋興、楓橋、錦瑟，八聲甘州、大江東去、水調歌頭、滿江紅怒，北朝之木蘭辭、黛玉之葬花調、樂天之長恨歌、長吉之蘇小小，余光中之鄉愁、戴望舒之雨巷、徐志摩之再別康橋、劉大白之教我如何不想她，庶幾可謂律動神品代表者乎？黍離、伐檀、鹿鳴、子衿，詠懷、十九首、飲酒、歸園，後主之虞美人相見歡、耆卿之雨霖鈴望海潮，小山之夢後樓臺彩袖殷勤、易安之紅藕香殘尋尋覓覓，清眞之風老雛鶯並刀如水、馮溫之西風愁起小山重疊，稼軒之東風夜放枕簟溪堂醉裏挑燈、放翁之訴衷情卜算子釵頭鳳，同叔之一曲新詞少游之霧失樓臺、白石之二十四橋夢窗之箭徑酸風，庶幾可謂律動妙品代表者乎。

「你未看此花時，此花與汝心同歸於寂。你來看此花時，則此花顏色一時明白起來。便知此花不在你的心外。」此言和也。知和者，可與言律動矣。

天下但有大唱，不待其言而自成律，天下但有大和，不待其音而自律動。

小唱則小和，中唱則中和，大唱則大和。小唱則入調，中唱則中道，大唱則入和。大唱大和者，神品也。

小唱小和者，格調也，中唱中和者，氣韻也，大唱大和者，神韻也。

爲天地立心，爲生民立命，爲往聖繼絕學，爲萬世開太平，無此胸襟氣度者，無足以與言大和。

律動有八格，曰縱橫，曰頓挫，曰悠揚，曰爛漫，曰婉妙，曰清澈，曰簡致，曰流美。縱橫如笳鼓悲鳴，頓挫如戰鼓嚴整，悠揚如古寺鐘聲，爛漫如山野鳥啼，婉妙如笙簫聲默，清澈如田園笛磬，簡致如木魚縈縈，流美如河水暈暈。以文章視之，則莊子國策故縱橫之國手也，楊馬鮑庾故頓挫之領袖也，屈騷楚辭故悠揚之大師也，陶潛東坡故爛漫之龍頭也，至於律動婉妙，宜推宋明小品，格律清澈，則惟山水諸作，律動簡致，首推論老儒林，格律流美，則八家諸作皆足以當之。

律動非以八格爲限，八格者，別其高下、徐疾、長短、婉直也。八格之內，亦以比對爲宜，孤澗獨流，不足以分眾水之制，單泉只湖，無足以別萬水之體。八格之外，則或分、或合、或損、或益，孳滋繁衍，亦須多加措意焉。

文章之律動縱橫者，吾國則吾最愛莊周之說魚、說劍、說連葬、說任公子垂釣；次則國策之蘇秦說齊、顏斶說士、莊辛說楚、太子質齊；次則枚乘之說濤、子長之說樂、子雲之說武、太沖之說吳；次則宋玉之說風、賈誼之過秦、鮑照之賦蕪城、庾信之哀江南；次則唐宋以下諸家，如龍門之歌滕閣、樊川之歌阿房、韓子之說進學、東坡之賦赤壁、子由之書太尉、中郎之傳文長；頓及當代，亦有梁任公之頌少年中國、周豫才之紀劉和珍君。豫才尤爲大才，其祝福、吶喊自序、頌雪、頌大歡喜、頌頹敗線諸篇，並皆律動縱橫，入神之作也。他國則吾最愛古埃及之亡靈書、古巴比倫之吉爾伽美什、古希臘之荷馬史詩、古希伯來之創世紀、約伯記，古羅馬之論崇高，近世尼采之查拉圖斯特拉如是說，惠特曼之草葉集自由之歌。西方小說中亦多有律動縱橫之片段，如巴爾扎克的伏脫冷的世故的雄辯，薩特的默爾索的存在主義的吶喊，陀思妥耶夫斯基的依留莎的血淚的控訴，伊凡的犀利的質疑，雨果的巴黎聖母院的壯麗的晨曦，巴黎上空的恢弘的鐘聲。較之吾國喜用短句，它國之文動輒數十百千言長句，雖節度之精準或有不及，然其浩浩湯湯橫無際涯之律動，則多超中國一般文章。

豫才《紀念劉和珍君》云：「我只覺得所住的並非人間。四十多個青年的血，洋溢在我的周圍，使我艱於呼吸視聽，那裡還能有什麼言語？長歌當哭，是必須在痛定之後的。而此後幾個所謂學者文人的陰險的論調，尤使我覺得悲哀。我已經出離憤怒了。我將深味這非人間的濃黑的悲涼；以我的最大哀痛顯示於非人間，使它們快意於我的苦痛，就將這作爲後死者的菲薄的祭品，奉獻於逝者的靈前。」《雪》之頌云：「朔方的雪花在紛飛之後，卻永遠如粉，如沙，他們決不黏連，撒在屋上，地上，枯草上，就是這樣。屋上的雪是早已就有消化了的，因爲屋裏居人的火的 溫熱。別的，在晴天之下，旋風忽來，便蓬勃地奮飛，在日光中燦燦地生光，如包藏火焰的大霧，旋轉而且升騰，彌漫太空，使太空旋轉而且升騰地閃爍。」《吶喊・祝福》云：「我在蒙朧中，又隱約聽到遠處的爆竹聲聯綿不斷，似乎合成一天音響的濃雲，夾著團團飛舞的雪花，擁抱了全市鎮。我在這繁響的擁抱中，也懶散而且舒適，從白天以至初夜的疑慮，全給祝福的空氣一掃而空了，只覺得天地聖眾歆享了牲醴和香煙，都醉醺醺的在空中蹣蹦，豫備給魯鎮的人們以無限的幸福。」《吶喊自序》云：「在我自己，本以爲現在是已經並非一個切迫而不能已於言的人了，但或者也還未能忘懷於當日自己的寂寞的悲哀罷，所以有時候仍不免吶喊幾聲，聊以慰藉那在寂寞裏奔馳的猛士，使他不憚於前驅。」《野草・復仇》云：「鮮紅的熱血，就循著那後面，在比密密層層地爬在牆壁上的槐蠶更其密的血管裏奔流，散出溫熱。於是各以這溫熱互相蠱惑，煽動，牽引，拼命希求偎倚，接吻，擁抱，以得生命的沉酣的大歡喜。但倘若用一柄尖銳的利刃，只一擊，穿透這桃紅色的，菲薄的皮膚，將見那鮮紅的熱血激箭似的以所有溫熱直接灌溉殺戮者；其次，則給以冰冷的呼吸，示以淡白的嘴唇，使之人性茫然，得到生命的飛揚的極致的大歡喜；而其自身，則永遠沉浸於生命的飛揚的極致的大歡喜中。」《頹敗線的顫動》云：「她在深夜中盡走，一直走到無邊的荒野；四面都是荒野，頭上只有高天，並無一個蟲鳥飛過。她赤身露體地，石像似的站在荒野的中央，於一刹那間照見過往的 一切：飢餓，苦痛，驚異，羞辱，歡欣，於是發抖；害苦，委屈，帶累，於是痙攣；殺，於是平靜……又於一刹那間將一切併合：眷念與決絕，愛撫與復仇，養育與殲除，祝福與咒詛……她於是舉兩手儘量向天，口唇間漏出人與獸的，非人間所有，所以無詞的言語。」數篇文字，其節度如斧戈交接不暇長短，其氣象如蒸雲騰霧不辨牛馬，其情緒如山崩地裂不可遏抑，其氣勢如長川奔流不擇涇渭，眞律動縱橫，入神之作也，方之子雲老莊無氣餒也。

律動之縱橫者，大唱大和也，生命之大極致、大歡樂也，必有高遠之思想、雄深之視野、濃烈之情感、嫺熟之技術，加以長久之積累醞釀，瞬間之靈感湧現，六者缺一而不能爲縱橫也。

爲天地立心，爲生民立命，爲往聖繼絕學，爲萬世開太平。無此胸襟氣度者，無足以言縱橫。

律動悠揚者，莫過於九歌。試取湘君湘夫人，於風和日麗之日，明窗亮幾之旁平心而誦之，但覺其聲調雍和而氣息圓潤，節度舒緩而韻度從容，恍若如聞鐘聲度入夕林，又若如聞晚禱散在田野，眞有天女散花而悠揚不盡之感也。

律動之簡致者，最是難得。論語、春秋、世說、儒林，往往有之。如論語之記子頌川流「子在川上曰，逝者如斯夫」，不過散淡幾字，讀之卻有一種廖遠無盡之意。論語之記子評顏子「一簞食，一瓢飲，在陋巷，人不堪其憂，回也不改其樂，賢哉回也，賢哉回也」，韻致簡短而意味深長，尺幅之中自有一股一唱三歎之勢。孔子世家載子路死於衛，孔子病，子貢請見，孔子方負杖逍遙於門，曰，「賜，汝來何其晚也」，孔子因歎，歌曰，「太山壞乎！梁柱摧乎！哲人萎乎！」一問一歎之間，如使人聞驚雷，聽棒喝。又如世說新語載袁彥伯為謝安南司馬，都下諸人送至瀨鄉，將別，既自淒惘，歎曰，「江山遼落，居然有萬里之勢」，又載顧長康從會稽還，人問山川之美，顧云「千岩競秀，萬壑爭流，草木蒙籠其上，若雲興霞蔚」。儒林外史記黃梅時節，天氣煩躁，王冕放牛倦了，在綠草地上坐著，須臾，濃雲密佈，一陣大雨過了，那黑雲邊上鑲著白雲，漸漸散去，透出一派日光來，照耀得滿湖通紅，湖邊上山，青一塊，紫一塊，綠一塊，樹枝上都像水洗過一番的，尤其綠得可愛，湖裏有十來枝荷花，苞子上清水滴滴，荷葉上水珠滾來滾去，王冕看了一回，心裏想道「古人說『人在畫圖中』，其實不錯」；又記遊雨花臺絕頂，望著隔江的山色，嵐翠鮮明，那江中來往的船隻，帆檣歷歷可數，那一輪紅日，沉沉的傍著山頭下去了。如此種種，皆簡致而搖曳之章，樸素而天下莫能與之爭美之篇也。

越人歌云：今夕何夕兮，搴舟中流。今日何日兮，得與王子同舟。蒙羞被好兮，不訾詬恥。心幾頑而不絕兮，得知王子。山有木兮木有枝，心悅君兮君不知。桂殿秋云：思往事，渡江干，青蛾低映越山看。共眠一舸聽秋雨，小簟輕衾各自寒。兩詞皆境界婉妙，律動清澈。吳越風流，雖經兩千年，而未稍改變也。

吳越風流，百年之後，尙得而聞歟？

童子解吟長恨歌，胡兒能唱琵琶曲，何哉，律動流美也。律動流美者雖雅而能動人也；律動流美者雖俗而能傳世也；律動流美者雖短而能令人感興也；律動流美者雖長而能令人不厭也。日朝之地多聽白樂天歌，凡有井水處皆能歌柳詞，其率由此乎。

淵明飲酒詩序云：「餘閒居寡歡，兼比夜已長，偶有名酒，無夕不飲，顧影獨盡。忽焉復醉。既醉之後，輒題數句自娛，紙墨遂多。辭無詮次，聊命故人書之，以爲歡笑爾。」五柳先生傳云：「先生不知何許人也，亦不詳其姓字，宅邊有五柳樹，因以爲號焉。閒靜少言，不慕榮利。好讀書，不求甚解；每有會意，便欣然忘食。性嗜酒，家貧不能常得。親舊知其如此，或置酒而招之；造飲輒盡，期在必醉。既醉而退，曾不吝情去留。環堵蕭然，不蔽風日；短褐穿結，簞瓢屢空，晏如也。常著文章自娛，頗示己志。忘懷得失，以此自終。」兩篇文字，皆長短不由，聲韻不度，然如飲者在船，明月蕭疏，篙白刺水，居然不醉，深得律動爛漫之眞諦。

格律有精有粗，若其粗者，人人得而聞與，若其精者，雖知音亦有所不足。

漢語古典詩歌格律，若其粗者，十六字可以盡之矣，曰一長一短，一曲一直，四聲相配，前後相和。一長一短者，節奏也；一曲一直者，平仄也；四聲相配者，平上去入也；前後相和者，句尾韻也。

愛情之美，美在初見，如靜女其姝，俟我於城隅，愛而不見，搔首踟躕；美在相思，如青青子衿，悠悠我心，縱我不往，子寧不嗣音；美在熱戀，如彼采葛兮，一日不見，如三月兮；美在齷齪，如彼狡童兮，不與我言兮，維子之故，使我不能餐兮；美在怨怒，如子惠思我，褰裳涉溱，子不我思，豈無他人，狂童之狂也且；美在阻截，如將仲子兮，無逾我里，無折我樹杞，豈敢愛之，畏我父母，仲可懷也，父母之言亦可畏也；美相相誓，如死生契闊，與子成說，執子之手，與子偕老；美在和諧，如桃之夭夭，灼灼其華，之子于歸，宜其室家；美在不期而遇，如野有蔓草，零露漙兮，有美一人，清揚婉兮，邂逅相遇，適我願兮；美在相愛而不得，如求之不得，寤寐思服，優哉遊哉，輾轉反側。皆氣韻切淺，律動清澈之作也。方之西方，則惟所羅門雅歌之詠歎可以當之。

試取雅歌觀之：我的佳偶，你甚美麗，你甚美麗。你的眼在帕子內好像鴿子眼。你的頭髮如同山羊群臥在基列山旁。你的牙齒如新剪毛的一群母羊，洗淨上來，個個都有雙生，沒有一隻喪掉子的。你的唇好像一條朱紅線，你的嘴也秀美。你的兩太陽在帕子內，如同一塊石榴。你的頸項好像大衛建造收藏軍器的高臺，其上懸掛一千盾牌，都是勇士的藤牌。你的兩乳好像百合花中吃草的一對小鹿，就是母鹿雙生的。我要往沒藥山和乳香岡去，直等到天起涼風，日影飛去的時候回來。雖經翻譯損益，聲韻已不復睹，然清澈之律動仍皎然在人耳目。

詩經寫愛情，律動亦頗有異。有關雎之頓挫，有擊鼓之婉妙，有蒹葭之悠揚，有碩人之爛漫。即同是一詩，律動或亦有變，如擊鼓之例，總之則曰婉妙，分之則各相異，「擊鼓其鏜，踊躍用兵，土國城漕，我獨南行」，律動頓挫也，「從孫子仲，平陳與宋，不我以歸，憂心有忡」，律動簡致也，「爰居爰處，爰喪其馬，于以求之，于林之下」，律動婉妙也，「死生契闊，與子成說，執子之手，與子偕老」，律動悠揚也，「於嗟闊兮，不我活兮，於嗟洵兮，不我信兮」律動爛漫也。一詩之中，律動凡四變，愈轉愈深，愈轉愈細，有繁複紆徐不盡之味。

古今之言美人者，碩人簡致，高唐縱橫，李夫人頓挫，雅歌清澈，各盡其妙。

觀約伯記，僩兮瑟兮，赫兮晅兮，律動驚怖莫可名狀。

觀以色列人之哀歌巴比倫河邊的哭泣，眞律動幽婉沉痛深極，方之中國，惟黍離之悲可以及之。然黍離內省，詩篇外求，又自不同。

詩篇第一百三十七篇

我們曾在巴比倫的河邊坐下，
一追想錫安就哭了。
我們把琴掛在那裡的柳樹上。
因爲在那裡，擄掠我們的要我們唱歌，
搶奪我們的，要我們作樂，說：
「給我們唱一首錫安歌吧！」
我們怎能在外邦唱耶和華的歌呢？
耶路撒冷啊，我若忘記你，
情願我的右手忘記技巧。
我若不記念你，
若不看耶路撒冷過於我所最喜樂的，
情願我的舌頭貼於上膛。
耶路撒冷遭難的日子，以東人說：
「拆毀，拆毀，直拆到根基！」
耶和華啊求你記念這仇。
將要被滅的巴比倫城啊，
報復你像你待我們的，那人便爲有福。
拿你的嬰孩摔在磐石上的，那人便爲有福。

詩歌翻譯，最損律動：節律或能移留，韻律名存實變，聲律則必全非。故譯詩律動，最是難尋，若有律動，半賴創造，能得邂逅，最堪珍惜。如飛白之譯惠特曼《我在路易斯安那看見一顆橡樹在生長》，申奧之譯休斯《黑人談河流》，金人之譯肖洛霍夫《哥薩克古歌》，律動能得縱橫之氣：

我在路易斯安那看見一棵櫟樹在生長

詩／（美）惠特曼　譯／飛白

我在路易斯安那看見一棵櫟樹在生長
它獨自屹立著，樹枝上垂著苔蘚，
沒有任何伴侶，它在那兒長著，進發出暗綠色的歡樂的樹葉，
它的氣度粗魯，剛直，健壯，使我聯想起自己，

但我驚訝於它如何能孤獨屹立附近沒有一個朋友而仍能
迸發出歡樂的樹葉，因爲我明知我做不到，
於是我折下一根小枝上面帶有若干葉子，並給它纏上一點苔蘚，
帶走了它，插在我房間裏在我眼界內，
我對我親愛的朋友們的思念並不需要提醒，
（因爲我相信近來我對他們的思念壓倒了一切，）
但這樹枝對我仍然是一個奇妙的象徵，它使我想到男子氣概的愛；
儘管啊，儘管這棵櫟樹在路易斯安那孤獨屹立在一片遼闊中閃爍發光，
附近沒有一個朋友一個情侶而一輩子不停地迸發出歡樂的樹葉，
而我明知我做不到。

黑人談河流

詩／（美）蘭斯敦·休斯　譯／申奥

我瞭解河流，
我瞭解像世界一樣古老的河流，
比人類血管中流動的血流還要古老的河流。

我的靈魂變得像河流一般的深邃。

當朝霞初升，我沐浴在幼發拉底斯河。
我在剛果河旁搭茅棚，波聲催我入夢。
我俯視著尼羅河，在河畔建起了金字塔。
當阿伯·林肯南下新奥爾良，
我聽到密西西比河在歌唱，
我看到河流混濁的胸膛
被落日染成一片黃金。

我瞭解河流，
古老的，幽暗的河流。
我的靈魂變得像河流一般深沉。

哥薩克古歌

詩／（蘇聯）肖洛霍夫　譯／金人

我們光榮的土地不用犁來翻耕……
我們的土地用馬蹄來翻耕
光榮的土地上種的是哥薩克的頭顱，
靜靜的頓河到處裝點著年輕的寡婦，
我們的父親，靜靜的頓河上到處是孤兒，
父母的眼淚隨著頓河的波濤翻滾
噢噫，靜靜的頓河，我們的父親！
噢噫，靜靜的頓河，你的水流爲什麼這樣渾？
啊呀，我靜靜的頓河的流水怎麼能不渾！
寒泉從靜靜的河底向外奔流，
銀白色的魚兒在頓河的中流翻滾

飛白之譯桑德堡的《草》，張曙光之譯米沃什《誘惑》，余振之譯萊蒙托夫《祖國》，律動能得頓挫之致：

草

詩／（美）桑德堡　譯／飛白

讓奥斯特里茨和滑鐵盧屍如山積，
把他們鏟進坑，再讓我幹活——
我是草；我掩蓋一切。

讓葛梯斯堡屍如山積，
讓依普爾和凡爾登屍如山積，
把他們鏟進坑，再讓我幹活。

兩年，十年，於是旅客們問乘務員：
這是什麼地方？我們到了何處？

我是草。
讓我幹活。

誘惑

詩／（波蘭）米·沃什　譯／張曙光

我在星空下散步，
在山脊上眺望城市的燈火，
帶著我的夥伴，那顆淒涼的靈魂，
它游蕩並在說教，
說起我不是必然地，如果不是我，那麼另一個人
也會來到這裡，試圖理解他的時代。
即便我很久以前死去也不會有變化。
那些相同的星辰，城市和鄉村
將會被另外的眼睛觀望。
世界和它的勞作將一如既往。

看在基督份上，離開我，
我說，你已經折磨夠我。
不應由我來判斷人們的召喚。
而我的價值，如果有，無論如何我不知曉。

祖國

詩／（俄）萊蒙托夫　譯／余振

我愛祖國，但卻用的是奇異的愛情！
連我的理智也不能把它制勝。
無論是鮮血換來的光榮，
無論是充滿了高傲的虔誠的寧靜，
無論是那遠古時代的神聖的傳言，
都不能激起我心中的慰籍的幻夢。

但是我愛——自己不知道爲什麼——
它那草原上淒清冷漠的沉靜，
它那隨風晃動的無盡的森林，
它那大海似地洶湧的河水的奔騰，

我愛乘著車奔上那村落間的小路，
用緩慢的目光透過那蒼茫的夜色，
惦念著自己夜間住宿之處，迎接著
道路旁點點微微顫動的燈火。

我愛那野火冒起的輕煙，
草原上過夜的大隊車馬，
蒼黃的田野中小山頭上，
那一對閃著微光的白樺。
我懷著人所不知的快樂，
望著堆滿穀物的打穀場，
覆蓋著稻草的農家草房，
鑲嵌著浮雕窗板的小窗，
而在有露水的節日夜晚，
在那醉酒的農人笑談中，
觀看那伴著口哨的舞蹈，
我可以直看到夜半更深。

荒蕪之譯惠特曼《船長》，飛白之譯丁尼生《輝煌的夕照》，飛白之譯巴爾蒙特《我用幻想追捕熄滅的白晝》，葉君健之譯洛爾迦《兩個姑娘——給馬希謨・吉哈諾》，律動能得悠揚之態：

輝煌的夕照

詩／（英）丁尼生　譯／飛白

輝煌的夕照映著城堡，
映著古老的雪峰之巔；
長長的金光在湖面搖蕩，
野性的瀑布壯麗地飛濺。
吹吧，號角，吹吧，驚起那荒野的回聲，
吹吧，號角；回聲呼應，一聲聲輕了，更輕，更輕。

聽啊，聽仔細！它微弱而清晰，
越去越遠卻越明朗，
啊，又遠又甜，傳自峭壁懸岩，
精靈之國的號角在隱約吹響!
吹吧，讓我們聽那紫色的幽谷回應，
吹吧，號角；回聲呼應，一聲聲輕了，更輕，更輕。

愛人啊，回聲在天邊溶化，
在山野，在河面熄滅，消散；
咱倆的回聲在心靈間應答，
卻不斷增強，永遠，永遠。
吹吧，號角，吹吧，驚起那荒野的回聲，
呼應吧，回聲，呼應，一聲聲輕了，更輕，更輕。

船長

詩／（美）惠特曼　譯／荒蕪

啊，船長！我的船長！我們的艱苦航程已經終結；
這隻船渡過了一切風險，我們爭取的勝利已經獲得；
港口在望，我聽見鐘聲在響，人們都在歡呼，
千萬隻眼都在望著這隻穩定的船，它顯得威嚴而英武；
但是，啊！心喲！心喲！心喲！
呵，鮮紅的血液長流；
甲板上躺著我們的船長，
倒下來了，冷了，死了。

啊，船長，我們的船長！起來聽聽鐘聲；
起來，旗幟正為你飄揚，軍號正為你發出顫音；
為你，送來了無數花束的花環，為你，人們擠滿了海岸，
這熙熙攘攘的人群，他們為你歡呼，他們熱情的臉 轉朝著你；
這裡，船長！親愛的父親！
我這隻手臂把你的頭支起；

在甲板上像是在一場夢裏，
你倒下來了，冷了，死了。

我的船長不回答， 它的嘴唇蒼白而靜寂；
我的父親感覺不到我的手臂，他已經沒有知覺，也沒有脈息；
這隻船安安穩穩下了錨，已經結束了他的航程；
這隻勝利的船，從艱苦的旅程歸來，大功已經告成：
歡呼吧，呵，海岸！鳴響吧，呵，鐘聲！
可是我踏著悲哀的步子，
在我的船長躺著的甲板上走來走去，
他倒下了，冷了，死了！

我用幻想追捕熄滅的白晝

詩／（俄）巴爾蒙特　譯／飛白

我用幻想追捕熄滅的白晝，
熄滅的白晝拖著影子逝去．
我登上高塔，梯級在顫悠，
梯級顫悠悠在我腳下戰慄。

我越登越高，只覺得越發清朗
越發清朗地顯出遠方的輪廓，
圍繞著我傳來隱約的音響，
隱約的音響傳自地下和天國。

我越登越高，只見越發瑩澈，
越發瑩澈地閃著瞌睡的峰頂
他們用告別之光撫愛著我，
溫柔地撫愛我朦朧的眼睛。

我的腳下已是夜色幽幽，
夜色幽幽覆蓋沉睡的大地，

但對於我，還亮著晝之火球，
晝之火球正在遠方燒盡自己。

我懂得了迫捕昏暗的白晝，
昏暗的白晝抱著影子逝去，
我越登越高，梯級在顫悠，
梯級顫悠悠在我腳下戰慄。

兩個姑娘——給馬希謨・吉哈諾（之一）拉・洛娜
詩／(西班牙)洛爾迦　譯／葉君健

在橙子樹下
她洗濯孩子穿的布衣裙，
她有綠色的眼睛，
她有紫羅蘭色的聲音。

噯！親愛的，
在開滿花的橙子樹下！

池塘路的水
浮著太陽光蕩漾，
在那個小橄欖樹林裏，
有一隻麻雀在歌唱。

噯！親愛的，
在開滿了花的橙子樹下！

拉・洛娜很快就用完
一塊肥皂，
這時有三個年輕的斗牛士來到。

噯！親愛的，

在開滿了花的橙子樹下！

韓逸之譯《天賦》，田原之譯谷川俊太郎《春的臨終》，葉君健之譯洛爾迦《兩個姑娘——給馬希谟·吉哈諾（之二）安巴羅，律動能得爛漫之意：

天賦

詩／（波蘭）切·米沃什　譯／韓逸

日子過得多麼舒暢。
晨霧早早消散，我在院中勞動。
成群蜂鳥流連在金銀花叢。
人世間我再也不需要別的事物。
沒有任何人值得我羨慕。
遇到什麼逆運，我都把它忘在一邊。
想到往昔的日子，也不覺得羞慚。
我一身輕快，毫無痛苦。
昂首遠望，唯見湛藍大海上點點白帆

春的臨終

詩／（日）谷川俊太郎　譯／田原

我把活著喜歡過了
先睡覺吧，小鳥們
我把活著喜歡過了

因爲遠處有呼喚我的東西
我把悲傷喜歡過了
可以睡覺了喲　孩子們
我把悲傷喜歡過了

我把笑喜歡過了
像穿破的鞋子
我把等待也喜歡過了

像過去的偶人

打開窗　然後一句話
讓我聆聽是誰在大喊
是的
因爲我把惱怒喜歡過了

睡吧　小鳥們
我把活著喜歡過了
早晨，我把洗臉也喜歡過了

兩個姑娘——給馬希謨・吉哈諾（之二）安巴羅
詩 /(西班牙)洛爾迦　譯 / 葉君健

安巴羅喲，
你穿著白衣，
在屋子裏多麼孤寂！
（在素馨花和月下香之間，
你是一條平分線。）

你從院子裏傾聽，
那機靈商人的叫賣聲
和那金絲雀的宛轉——
它是多麼嬌嫩！

你在下午凝望
那隱藏著鳥兒的柏樹顫抖，
於是在你的畫布上
慢慢地把許多字樣刺繡。

安巴羅喲，
你穿著白衣，
在屋子裏多麼孤寂！

安巴羅喲，
我多麼難於向你開口，
說：我愛你！

趙毅衡之譯弗羅斯特《遇見黑夜》，余光中之譯洛爾迦《騎士之歌》，無名氏之譯金素月《金達萊花》，律動能得婉妙之姿：

熟悉黑夜

詩／（美）羅伯特·佛羅斯特　譯／趙毅衡

我早就已經熟悉這種黑夜。
我冒雨出去——又冒雨歸來，
我已經越出街燈照亮的邊界。

我看到這城裏最慘的小巷。
我經過敲鐘的守夜人身邊，
我低垂下眼睛，不願多講。

我站定，我的腳步再聽不見，
打另一條街翻過屋頂傳來
遠處一聲被人打斷的叫喊，

但那不是叫我回去，也不是再見，
在更遠處，在遠離人間的高處，
有一樽發光的鐘懸在天邊。

它宣稱時間既不錯誤又不正確，
但我早就已經熟悉這種黑夜。

騎士之歌

詩／（西班牙）洛爾迦　譯／余光中

科爾多巴
孤懸在天涯
漆黑的小馬

橄欖滿袋在鞍邊懸掛
這條路我雖然早認識
今生已到不了科爾多巴

穿過原野，穿過烈風
赤紅的月亮，漆黑的馬
死亡正在俯視我，
在戍樓上，在科爾多巴

唉，何其漫長的路途
唉，何其英勇的小馬
唉，死亡已經在等待著我
等我趕路去科爾多巴

科爾多巴
孤懸在天涯

金達萊花

詩／（朝）金素月　譯／無名氏

當你厭倦
想離我而去
我將默默爲你送行

在寧邊的藥山
採摘滿懷的金達萊花
鋪灑在你離去的路上

請你一步一步
踩踏鮮花抱就的路
離我而去

當你厭倦

想離我而去

我至死也不會流淚

飛白之譯《亡靈書：宛若蓮花》，趙毅衡之譯沃倫《世事滄桑話鳥鳴》，鄭振鐸之譯泰戈爾《吉檀迦利》，律動能得清澈之質：

亡靈書：宛若蓮花

詩／（埃及）亡靈書　譯／飛白

我是純潔的蓮花

拉神的氣息養育了我

輝煌地發芽

我從黑暗的地下升起

進入陽光的世界

在田野開花

世事滄桑話鳥鳴

詩／（美）沃倫　譯／趙毅衡

那只是一隻鳥在晚上鳴叫，我認不出是什麼鳥

當我從泉邊取水回來，走過滿是石頭的牧場，

我站得那麼靜，頭上的天空和木桶裏的天空一樣靜。

多少年過去，多少地方多少臉都淡漠了，有的人已謝世

而我站在遠方，夜那麼靜，我終於肯定

我最懷念的，不是那些終將消逝的東西，

而是鳥鳴時那種寧靜。

最初的茉莉花

詩／（印）泰戈爾　譯／鄭振鐸

呵，這些茉莉花，這些白的茉莉花！

我彷彿記得我第一次雙手滿捧著這些茉莉花，

這些白的茉莉花的時候。

我喜愛那日光，那天空，那綠色的大地；

我聽見那河水淙淙的流聲，在黑漆的午夜裏傳過來；
秋天的夕陽，在荒原上大路轉角處迎我，
如新婦揭起她的面紗迎接好的愛人。
但我想起孩提時第一次捧在手裏的白茉莉，心裏充滿著甜蜜的回憶。

我生平有過許多快活的日子，在節日宴會的晚上，
我曾跟著說笑話的人大笑。
在灰暗的雨天的早晨，我吟哦過許多飄逸的詩篇。
我頸上戴過愛人手織的醉花的花圈，作為晚裝。
但我想起孩提時第一次捧在手裏的白茉莉，心裏充滿著甜蜜的回憶。

王佐良之譯麥克迪爾米德《搖擺的石頭》〔註1〕，飛白之譯克里斯蒂娜《歌》，鄭敏之譯羅伯特·勃萊《聖誕驅車送二老回家》、里爾克《聖母哀悼基督》，王佐良之譯什格菲爾特沙遜《梟》〔註2〕律動能得簡致之格：

搖擺的石頭

詩／（蘇格蘭）麥克迪爾米德　譯／王佐良

在收穫季節寒冷的半夜，
世界像一塊石頭
搖擺在天空下。
淒涼的回憶起了又落，
像風卷雪花。

像風卷雪花　我已認不出了
石頭上刻著的文字。
何況浮名如青苔，
歷史如地衣，
早把一切掩埋。

〔註1〕王佐良《英國詩史》，譯林出版社1997年版，第484頁。
〔註2〕王佐良《英國詩史》，譯林出版社1997年版，第425～426頁。

歌

詩／（英）克里斯蒂娜・羅塞蒂　譯／飛白

在我死後，親愛的，
不要爲我唱哀歌；
不要在我頭邊種薔薇，
也不要栽翠柏。
讓青草把我覆蓋，
再撒上玉珠露滴；
你願記得就記得，
你願忘記就忘記。

我不再看到蔭影，
我不再感到雨珠，
我不再聽到夜鶯
唱得如泣如訴。
我將在薄暮中做夢，
這薄暮不升也不降；
也許我將會記得，
也許我將會相忘。

聖誕駛車送雙親回家

詩／（美）羅伯特・勃萊　譯／鄭敏

穿過風雪，我駛車送二老
在山崖邊他們衰弱的身軀感到猶豫
我向山谷高喊
只有積雪給我回答
他們悄悄地談話
說到提水，吃橘子
孫子的照片，昨晚忘記拿了
他們打開自己的家門，身影消失了

橡樹在林中倒下，誰能聽見？
隔著千里的沈寂
他們這樣緊緊挨近地坐著
好像被雪擠壓在一起

聖母哀悼基督

詩／（奧地利）里爾克　譯／鄭敏

現在我的悲傷達到頂峰
充滿我的整個生命，無法傾訴
我凝視，木然如石
僵硬直穿我的內心

雖然我已變成岩石，卻還記得
你怎樣成長
長成高高健壯的少年
你的影子在分開時遮蓋了我
這悲痛太深沉
我的心無法理解，承擔

現在你躺在我的膝上
現在我再也不能
用生命帶給你生命

梟

詩／（英）什格菲爾特沙遜　譯／王佐良

我走下山，餓了，但還沒餓暈，
冷，但身上還有一點熱氣，
頂得住北風；疲倦了，正好能享受
屋頂下一夜的好睡。

在旅店裏我有吃，有火，有休息，

還記得剛才怎樣餓，冷，疲倦。
黑夜完全關在門外，除了
一陣梟叫，叫得何等悲慘。

這叫聲來自山上，清楚，嘶長，
不是樂音，沒有理由高興，
它告訴我逃過了什麼，
而別人沒有，在我投宿的一夜。

我吃得有味道，我的休息
也有味道，但我清醒，因爲有
那梟爲所有躺在星空下的人嘶叫，
士兵們，窮人們，他們無一點樂趣。

飛白之譯丘特切夫《我又佇立在涅瓦橋頭》、葉芝《茵尼斯弗利島》，諸家集譯之葉芝《當你老了》，律動能得流美之風：

我又佇立在涅瓦橋頭

詩／（俄）丘特切夫　譯／飛白

我又佇立在涅瓦橋頭
像當年我也活著的時候，
凝望著這一江春水
像夢一樣慢慢地流。

藍天上不見一點星星，
蒼白的美景一片寂靜。
唯有沉思的涅瓦河上
流瀉著一天月色如銀。

究竟這一切全是夢幻，
還是當眞我重新看見
我倆在這輪明月之下

生前曾見過的畫面？

茵尼斯弗利島

詩／（愛爾蘭）葉芝　譯／飛白

我就要起身走了，到茵尼斯弗利島，
造座小茅屋在那裡，枝條編牆糊上泥；
我要養上一箱蜜蜂，種上九行豆角，
獨住在蜂聲嗡嗡的林間草地。

那兒安寧會降臨我，安寧慢慢兒滴下來，
從晨的面紗滴落到蛐蛐歌唱的地方；
那兒半夜閃著微光，中午染著紫紅光彩，
而黃昏織滿了紅雀的翅膀。

我就要起身走了，因爲從早到晚從夜到朝
我聽得湖水在不斷地輕輕拍岸；
不論我站在馬路上還是在灰色人行道，
總聽得它在我心靈深處呼喚。

當你老了

詩／（愛爾蘭）葉芝　譯／集譯

當你老了，白髮蒼蒼，睡意矇朧，（飛白）
爐火旁打盹，請取下這部詩篇，（飛白）
慢慢讀，回想你過去眼神的柔和，（袁可嘉）
回想它們昔日濃重的陰影；

多少人愛你青春歡暢的時辰，
愛慕你的美麗，假意或者眞心，（袁可嘉）
只有一個人愛你那朝聖者的靈魂，（袁可嘉）
愛你衰老了的臉上痛苦的皺紋；（袁可嘉）

垂下頭來，在紅光閃耀的爐子旁，（袁可嘉）

淒然地輕輕訴說那愛情的消逝，（袁可嘉）

逝去的愛，如今已步上高山，（飛白）

在密密星群裏埋藏它的赧顏。（飛白）

其中搖擺的石頭、世事滄桑話鳥鳴數篇，格律之美，即置於漢語詩中亦不稍遜色。

有律動，則精神。無律動，則不精神。精神，則有生命，不精神，則生命頓萎。生命頓萎，則不可以言藝。

能爲律動，則煥發，則使人感興，則歌，則舞，則詩，則畫、則書、則武、則瑜伽、則禪定。藝術然後興。

有境界而無律動者，「我思故我在」是也，可與言哲學而不足與言道也。

有理性而無律動者，今之學科是也，可與言科學而不足與言藝也。

能爲律動，則興。

書之律動易見，畫之律動難聞。

書之律動易見，草則縱橫，楷則頓挫，行則流美，隸則婉約，篆書悠揚，甲金清澈。用筆則或行、或走、或住、或臥，結字則或起、或承、或轉、或合，章法則或如風行水上、或如車過泥轆，或如電閃雷鳴、或如煙霞滿目。

畫之律動難聞，若強說之，則白石草蟲簡致而婉妙，王維山水婉妙而簡致，敦煌壁畫浪漫而悠揚，吳道子人物悠揚而浪漫。米開朗基羅人物縱橫而悠揚，列賓人物縱橫而頓挫，庫貝爾的人物縱橫而簡致，羅丹人物縱橫而爛漫。魯本斯人物悠揚而縱橫，德洛克洛瓦人物悠揚而爛漫，拉斐爾人物悠揚而婉妙。霍貝瑪風景簡致而清澈，柯羅風景簡致而頓挫。米勒風景爛漫而悠揚，莫奈風景爛漫而流美。塞尚兼有頓挫、縱橫、爛漫，畢加索兼有頓挫、縱橫、簡致，梵高兼有爛漫、縱橫、簡致。畫之律動難聞矣。

有陽剛之律動，有陰柔之律動，於武中最易觀之。少林、工夫、健美操，陽剛之律動也；武當、瑜伽、太極，陰柔之律動也。

有文舞，有武舞，文舞者律動陰柔，武舞者律動陽剛。

律動之興者，以詩言志，以歌永言，以聲依永，以律和聲，言之不足故嗟歎之，嗟歎之不足故詠歌之，永歌之不足故不知手之舞之足之蹈之。詩言志者，言志之外化而成詩也，歌永言者，言詩之吟長而成歌也，聲依永者，言聲之拖長而成調也，以律和聲者，言器之配合以壯聲也，言之不足故嗟歎之，言吟誦之始也，嗟歎之不足故永歌之，言說唱之成也，永歌之不足故不知手之舞之，足之蹈之，言吟唱之大興而忘形也。

永言其於律動者大矣。民歌者籟之以發聲，樂府者取之以成律，吟誦者文之以動興，說唱者持之以成藝，方戲曲藝恃之以動眾，梵唄道誦用之以勸世。中國音樂，半賴永言，不知永言者，不能懂中國故樂，不能爲漢語知音，不能知中文律動之幽渺精微也。

永言所成，必爲方樂。凡樂之成，有以聲定樂，有以器定樂，永言所成，以聲定樂也，則漢語故樂，半爲方樂，斯可言矣。

方樂之成，全籟永言，節永成腔，斯爲創造。永言之秘，率在方音，轉音成腔，殊音殊異。方音之異，用在聲調，聲調永之，南腔北調成矣。故曰方音聲調不同者有多少，方樂曲藝種類即有多少；方音聲調之風格若何，方樂曲調之風格即若何。所謂五里不同音，十里不同俗，則知漢語方樂之類，實有千百，然皆繫於方言聲調，雖萬變而莫離其綜。曹植造梵唄，約睹此秘；蕭子良集轉讀，大行是學；旗亭唱詩，民間習傳；太白造曲，文士並尚；關漢卿製作北曲，深諳此理；永嘉人製作南戲，都用此道；魏良輔改良崑曲，聚之、混之、美之、飾之，緣以昆聲，雜以眾戲，化以眾音，咸取其美，故能大成南音，用臻神妙。觀今日佛道之秘音，方戲之遺留，凡佛音、道誦、京劇、黃梅、越劇、豫劇、秦腔、粵劇、京韻大鼓、湖北鼓書，並彈詞說唱、吟誦小調之類，雖經流佈輾轉，吸收變化，並時空或已離創調之日甚遠，其離方音之遠近故有不同，然睹其旋律轉折，覓其方音原始，皆有跡可尋，非無故也；至有甚者能追跡方言之變，保其永言之質而至於今日，如詩詞吟誦、戲教唱誦者，爲永言之活化石，斯必將成中國未來文化創造之一新軌範。故曰方戲之別，繫於聲調；知此道者，則近於知中國戲曲；民歌之別，繫於聲調，知此道者，則近於知中國音樂；梵唄道誦之別，繫於聲調，知此道者，則近於知中國教誦；吟誦說唱之別繫於聲調，知此道者，則近於知中國歌詩曲藝也。

方樂之興，率在永言，永言活潑，創造百生，隨時變化，可以無倦。

方樂之衰，率在腔調，腔調既成，不能更新，日久僵化，必使人厭。

永言其婉妙矣。蓋永言緣於母語，但遵字調，於字調走向之外可以隨心而高低其音，可以隨心而長短其調，可以隨心而徐疾節奏，可以隨心而或說或唱，其不變者深掣而變化者多方，是最契合於藝術之興藝術之創造者。永言即創造也。

南腔北調成，永言亡。永言亡，方戲衰。

要之者不在於能明永言，而在於能行永言。能行永言，則傳統可以承續，可以發展，可以創新，可以爲千百之新音樂而弗失故我。然則，非兼收並蓄，多學多識，並深於文明之創造精神者，能爲此乎？嗚呼，各領風騷數百年，吾輩其能待乎？

竹竿律、黏對律、疊式律、聲律配合律，是可並稱古典漢語四大聲律；若再加以疊配律、節配律，則可稱漢語六大格律。竹竿律者，交替使用雙平雙仄形成漢語語調之規律也，是爲漢語一切平仄律句之總體設計，可名爲古典漢語第一聲律。黏對律者，交替使用同型律句（兩種平韻句或兩種仄韻句）組織押韻句形成詩體之規律也，是爲漢語最重要詩體律詩之形成規律，可名爲古典漢語第二聲律。疊式律者，重複使用同種律句（兩種平韻句或兩種仄韻句）組織押韻句形成詩體之規律也，是爲近千詞牌兩千餘詞體之最常遵用體式製造規律，可名爲古典漢語第三聲律。聲樂配合律者，永言律也，以字行腔律也，即聲調拖衍形成樂音之規律，或曰語音之聲調走向與樂音之旋律走向相互配合之規律也，是爲古典民歌、樂府、聲詩、說唱曲藝、吟誦吟唱、地方戲曲之原始生成規律，亦可謂漢民族最特色之音樂規律也，因其大彰於近代方戲曲藝，故序之曰古典漢語第四聲律。疊配律者，聲音或意象相迭相成之規律也，是爲齊言詩、對仗對聯、駢文賦體等眾多文體節奏意境之生成規律也，因依次序之爲古典漢語第五格律。節配律者，律節相配形成節奏之規律也，是爲騷體、四六、詞牌長短句之主要節奏構成規律也，因次序之爲古典漢語第六格律。漢語六大格律，前三繫乎聲律，第四並繫聲樂，第五指稱節律而衍及意境，第六主指節律。

六大格律者，古人多視而不見、見而不談、談而不詳、詳而未究也。竹竿律者古今皆知，而言之詳者則惟當代啓功；黏對律者王昌齡已然敘及，然述之確者則至清初王士禎；疊式律造詞牌者莫不自明，及其識者已是當下明夷生；疊配律可曰古今皆知而不言，節配律則古今多用而不覺，皆近於不知也；至於聲樂配合律，歌永言者似知之，以字行腔者似知之，並吟誦說唱民歌曲藝製造者皆似知之，然其用而不覺、覺而不談、談而不詳、詳而未究者遍是。若聲調配合律者，幾於一部漢語歌樂史也，其境遇尚且如此，其他有不如者何如，傳統文藝之衰落其可知也。然則律動其能遏抑乎，律動終不能遏抑也。有明而覺，揚而興者，其有待於來者乎。

六大格律者，其多爲古之創造，然於今日之漢語亦有用乎？析而可知也。大抵而言，竹竿、黏對、疊式三律有賴於古典律節，已不可用；疊配、節配、聲樂配三律所賴古今皆通，今日不廢。

曾不以思想、文化、風俗、習慣爲四舊而破之乎，然四舊爲一個民族一切文明之肇造也；曾不以用典爲爲文之累贅乎，然用典爲一個民族歷史記憶之傳承也；曾不以八股爲面目可憎者乎，然八股爲一個民族美學意識之旁溢也，曾不以駢律爲漢魏風骨晉宋莫傳之罪人乎，然駢律實六朝風流之最後花葉、唐音宋韻之前驅先聲也。今之律動之說，亦有覺其爲遺文故實，必欲驅之而後快者乎；亦有謂其爲雕蟲小技，亦欲棄之而不屑一顧者乎；亦有覺其爲無補於世，時爲流連遺憾而不勝感傷者乎。

嗚呼，落日西沈，青山漸遠，晚霞莊嚴，忽焉復逝。律動幽眇，誰能復會。即此懷愴，悠哉悠哉。

嗚呼，江山自在，律動悠深，大樹飄零，病樹前程，流河在側，未捨晝夜，沉舟千帆，投鉅莫停。

丙申冬初稿於三亞借序於丁酉桂月

目次

第一冊

第二冊

第四冊

緒　論

律詩和詞牌的存在，使我相信，中國詩歌是中國傳統文化所創造出來的最精美的文化符號系統。關於這一精美文化符號系統的結構和性質，迄今爲止，並沒有引起中國學術界的足夠重視，其所達到的文化高度和對中國文化作出的傑出貢獻，也並沒有得到與之水平相一致的卓越批評和理論贊賞。卡西爾說，人是符號的動物〔註1〕。語言、科學、藝術（包括詩歌、音樂、繪畫、建築）、哲學，這些人類最傑出的文化成就無一不是偉大的符號創見。而詩歌又恰恰是建立在兩種截然不同的層面，即語言層面和藝術層面上的綜合性符號體系，所以詩歌的符號品質，可以說代表了人類文化精神的品質。中國古典詩歌在這一方面，尤其達到了一切高度發達的文化符號體系所能達到的那種難以企及的高度，是足以和古希臘邏輯體系、古希臘數學體系和歐洲近代科學體系相媲美的文化符號體系。

中國詩歌與藝術具有異乎尋常的符號學傾向，中國人具有善於使各種不同媒介文本結構化和形式化的天賦，這在與其他國家的詩歌和藝術相比的時候尤其明顯。李幼蒸曾把中國詩歌藝術這種符號化傾向概括爲以下幾個方面：一、結構性傾向，即存在由爲數不多固定形式

〔註1〕參看卡希爾《人論》，上海譯文出版社，1985年，頁34。

和體裁的傳統文本構成的嚴格組織體系，以及處理文本各種成分關係的整體性藝術法則；二、形式主義傾向，即作家具有極強的駕馭形式與技巧的意識，作品體現出高度的技巧和形式，形式主義美學鑒賞得到高度的重視，作品的敘事性被壓縮到最低限度並最終達到了一種非現實性的高度形式化表達；三、象徵主義傾向，文字的象徵體系深入烙印於中國人思維習慣，使中國藝術在以具象表現抽象和遙遠的事物上具有極端突出的特點，這種思維方式貫穿中國詩歌、書法、文人畫、園林建築等各門藝術樣式；四、最後，作爲前三者的綜合，中國藝術呈現出以詩歌爲中心的同構表意關係，我們不需要很費力就能夠找到中國詩歌、書法、繪畫甚至建築之間的諸般內在相通和相似。李幼蒸還指出，那種認爲中國詩歌和藝術形式在生成之後便長期停滯不前的論點是靠不住的，中國詩歌和藝術經歷了明顯的演變發展，越到後期，其符號化特徵就越表現得越明確。〔註 2〕

觀察八種律詩和八百多個詞牌。我們能夠清晰地感受到中國詩歌結構主義、形式主義和象徵主義藝術所能達到的高度。但是，關於這種結構、形式和象徵的具體細節，我們的認知卻缺乏體系，參差不齊。關於中國詩歌的象徵主義傾向，這需要一部完整的理論著作來予以闡釋，本文將其留待以後討論〔註 3〕。本文關注的，是體現在八種律詩和八百多個詞牌身上的結構特點和形式性質，以及這種結構特點和形

〔註 2〕參看李幼蒸《歷史符號學》，廣西師範大學出版社 2003 年版，頁 81～82。

〔註 3〕關於中國詩歌的象徵主義，本人有一個宏闊而略的看法，參看拙著《指尖上的童年》自序部份（作家出版社 2009 年版）——該文受艾布拉姆斯文學四要素説啓發，承孔子、莊子、王弼、司空圖、嚴羽、王夫之、王國維影響，在張海明《經與緯的交結——中國古代文藝學範疇論要》的研究基礎上，以興象爲核心，以詩話爲形式，初步建構了一個以「起興」「興象」「興味」爲鏈條的囊括中國詩歌諸多審美範疇的相對完整的中國詩歌象徵主義體系，該體系可視爲與本文相平行的一個研究，其中關於興象、意象、意境、境界的論斷，約略完成了對中國詩歌作品形象結構的粗略建構和發展史的宏觀勾勒。

式性質的生成發展軌跡。

結構主義奠基者之一萊維·施特勞斯對結構主義有如下定義：

首先，結構展示了一個系統的特徵，它由若干組分構成，任何一組合的變化都要引起其他成分變化；

第二，對於任一模式，都應有可能排列出由同類型一組模式中產生的一個轉換系列；

第三，上述特徵，使結構能預測，如果某一組分發生變化，模式將如何反應；

最後，模式的組成，使一切被觀察到的事實都成爲可以理解的。〔註 4〕

對比這一定義，我們看到，關於「律詩」結構形式的四個特徵：系統性、轉換性、組分影響的可預見性、以及實踐性，都能通過由黏對規律控制的律句結構體系完美加以說明。但是，關於詞牌的結構形式特徵，卻無法得到類似的圓滿解釋——傳統所能達到的高度，目前我們所能夠解釋的，只是單個詞牌的某些格式化現象，而對於操縱這些格式化現象後面的規律，包括句式的規律、格律的規律，我們卻知之甚少或語焉不詳。本文認爲，這要歸結到我們對詞牌兩個最主要的結構性要素「言」和「律」的極端匱乏認識。要解釋八百多個詞牌的結構特徵，要闡述詞牌作爲一個體系的生成過程和諸般屬性，就必須從探討詞牌的結構性要素「言」和「律」入手。

基於以上原因，本文欲以一定量的長短句爲研究樣本，對長短句的「言」的組合及格律等諸般結構性特徵作全面考察，系統分析長短句的一般形式構成，以期揭示隱含其中的結構性規律，並由此觀察中國詩歌形式構成的一般狀況和演進軌跡，探討中國詩體演進方式的內在動力和基本方向。

〔註 4〕 Claude Levi-Strauss，L'Anthropologie structurale，Pairs，1985，頁 280。翻譯見趙毅衡編選《符號學文學論文集》，天津：百花文藝出版社，2004，頁 7。

一、研究範疇

本文所要達到的目標誠然看似有些不可思議，但本文的研究卻並非空中樓閣。本文研究將涉及兩個側面：長短句的句式規律以及格律規律（如同律詩的齊言黏對規律一樣）；長短句的句式規律及格律規律對前代詩體規律的繼承關係。本文的研究範疇須從兩個層面來考察：詞學研究層面和詩體研究層面。

（一）從詞學研究的層面考察，本文屬於詞學研究範疇中的詞律、詞譜研究

1、詞學研究範疇簡介

關於詞學研究範疇，代有沿革，至近人始有意建立體系。宋清詞學大家李清照、晁補之、曾慥、黃昇、王灼、張炎、毛晉、朱彝尊、張惠言、周濟、劉熙載、陳廷焯、萬樹、王奕清、戈載、淩廷堪、陳澧、江標等，其詞學研究範疇主要集中在詞集的編選輯存、曲調考證、詞律制定和作家作品評論四個方面。清末四大家況王朱鄭仍然延續這一傳統，並無大的變化。詞學研究視野的較大改變始自王國維和胡適，前者從哲學美學的角度看待詞體，後者從社會學的角度看待詞體，對詞學研究範疇做出了開拓性的貢獻。但這一研究思路得益於西方較多，實並不容易，後來能夠做出較大響應的似乎要數到當代葉嘉瑩先生提出的感發學說。不過，二人所開創的詞學研究熱潮則得以延續。1933 年，朱祖謀的大弟子龍榆生創辦《詞學季刊》，倡導「詞學」，於第一卷第 4 號（1934 年 4 月）發表《研究詞學之商榷》〔註 5〕，將「詞學」研究範疇歸納爲下面八個方面：

1. 圖譜之學：研究作詞的格律句式，如萬樹的《詞律》。
2. 詞樂之學：探討詞的曲調樂律，如淩廷堪的《燕樂考源》。
3. 詞韻之學：編製填詞的用韻之書，如戈載的《詞林正韻》。
4. 詞史之學：採集有關詞家及作品的有關歷史資料排比成書，如

〔註 5〕參看《龍榆生詞學論文集》，上海古籍出版社 1997 年版，頁 87～103。

張宗橚的《詞林記事》。

5. 校勘之學：對詞籍進行精審精校，如朱祖謀的《彊村叢書》

6. 聲調之學：「取號稱知音識曲之作家，將一曲調之最初作品，反句度之參差長短，語調之疾徐輕重，叶韻之疏密清濁，一一加以精審研究，推求其複雜關係，從文字上領會其聲清。」

7. 批評之學：評論作家作品，其要在於「抱定客觀態度，詳考作家身世關係，與一時風尚之所趨，以推求其作風轉變之由，與其利病得失之所在，不容偏『我見』，以掩前人之眞面目，而迷誤來著。」

8. 目錄之學：編輯詞籍目錄提要，內容應包括詞家史蹟之考訂、版本優劣之評辨、各家得失之品藻，以「示學者以從人之塗」。

前五點是對歷史研究的總結，後三點是對未來的構想。同時的名家夏、唐、胡、詹、沈、萬、宛等亦持相似看法。二十世紀八十年代，詞學勃興，1985 年，吳熊和將新時期詞學研究範疇歸納爲七點。他在《唐宋詞通論》中說：

爲今後詞學研究的發展建立堅厚不拔的基礎，目前應予完成的，就當有：

1. 評論唐宋各名家詞的論文集；
2. 詞人年譜、傳記叢書；
3. 彙集與研究唐宋音譜及詞樂材料，作《唐宋詞樂研究》；
4. 在清人《詞律》、《詞譜》基礎上，重新編撰包括敦煌曲在內的《唐宋詞調總譜》；
5. 彙輯唐宋詞論、詞話，成《唐宋詞論詞評彙編》；
6. 總結歷代詞學成果，作《詞學史》；
7. 包舉上述詞家、詞調、詞籍條目，並對唐宋詞的一些常用語辭作彙解的《唐宋詞詞典》。〔註 6〕

〔註 6〕 吳熊和：《唐宋詞通論》，杭州：浙江古籍出版社，2001，頁 409～410。

1989 年，劉揚忠在《宋詞研究之路》中，提出現代詞學研究體系的構想，將詞學研究範疇歸納爲兩部六條，兩部爲理論研究部份和和基礎工程部份，每部各分三條總計六條。其理論研究部份包括：

1. 鑒賞與批評：宋詞鑒賞學，宋詞作家作品論。
2. 宋詞研究規律：（1）外部規律研究：宋詞和宋代社會、宋詞和宋代文學、宋詞和宋代民俗、宋詞與宗教等。（2）內部規律研究：宋詞的來源、宋詞與音樂的關係、宋詞的聲情（聲調之學）、宋詞的藝術個性、宋詞的風格流派、宋詞的發展演變規律。——宋詞史、通論及其他專題論著。
3. 研究之研究：宋詞研究方法論、宋詞研究學術史、宋詞批評史、歷代宋詞學者的研究。

其基礎工程部份包括：

1. 詞音律、文字格式研究：詞律（圖譜）之學、詞樂（音律）之學、詞韻之學。
2. 詞基本資料的整理研究：詞籍版本、詞籍校勘、詞籍箋注、詞學輯佚、詞籍目錄之學。
3. 詞作家作品基本史料的整理研究：詞人傳記、詞人年譜、作品繫年。〔註 7〕

2、本文定位

對照上述各期詞學研究範疇，可以看出，長短句規律一直是詞學研究的基礎和中心：在傳統詞學研究中，它屬於「詞律詞譜制定」範疇；在龍榆生提出的詞學八範疇中，它與第一條圖譜之學、第三條詞韻之學、第六條聲調之學密切相關；在吳熊和提出的詞學七範疇中，它屬於第四條「詞調總譜」的研究範圍；在劉揚忠提出的六個詞學範疇中，它一方面與理論部份第二條宋詞研究規律中的內部規律「宋詞的聲情（聲調之學）」密切相關，一方面又與基礎工程部份的第一條

〔註 7〕劉揚忠：《宋詞研究之路》，天津：天津教育出版社，1989，頁 19。

即關於詞音律、文字格式研究中的「詞律之學」緊密相連。本文研究專注於長短句的「言」和「律」的規律，所以，本文的研究，從詞學研究範疇考察，屬於詞學中的詞律詞譜研究範疇。

（二）從詩體研究層面看，本書屬於詩體研究核心範疇——「言」的組合規律研究

1、「言」的演進規律的重要性

詩歌史的演進，有很多線索（如歌詩和誦詩，音樂的線索，文學思潮的線索，文學接受的線索），詩體的演進自然是最核心的線索。而詩體形式的演進，在中國詩歌，有兩個標誌性的東西：一個是「言」，一個是「律」。「律」的發現，將中國詩歌截然分成了兩個階段，永明體一千五百年之前，是「自然律」的階段，永明體一千五百年以來，是「格律詩」的階段。〔註 8〕而「言」——句式的變化，後期又糅合進「律」的變化，則使中國詩歌經歷了詩經的四言、楚辭的雜言（姑且先這麼說吧）、漢魏的五言、六朝的七言、唐的五七言律到唐宋的長短句的漫長演進歷程。

2、前人的忽視

由於「言」的演進之跡時明時暗，其間脈絡幽微難辨，所以「言」的演進規律遠未受到足夠重視。兩個極端的例子是：唐人雖熟練掌握

〔註 8〕「我們確實有技巧上的理由來區分早期較爲樸實無華的形式和後期（約在一千三百年以前出現的）較爲精緻的形式之間的不同藝術水平。在中國，我們稱前者爲『古體』，後者爲‘近體’……中國詩歌的音樂性主要來自以漢語語音學爲基礎的固定聲調和音律體系所帶來的習慣格式和效果……起源於民歌的中國詩歌的另一種音樂性來自下述事實，即詩歌創作原是爲了作爲抒情詩來歌唱，而吟誦詩歌則又需要音樂伴奏，這種音樂難度又轉而加強聲調體系和押韻體系的規則性。因此聲音——音樂的雙重要求（聲調——音韻體系和樂曲體系）增加了中國詩歌的形式主義傾向……」（李幼蒸《歷史符號學》，廣西師範大學出版社 2003 年版，頁 82～83）。本處詩史分期受李文影響，然將界限上溯至「格律詩詞」之「永明」時期（483～493），觀點略有不同。

了五七齊言的完整格律規律：「頓時律」「對式律」和「黏式律」，但直到晚唐才開始對雜言格律有深入認知和廣泛運用；宋人直到蘇軾前，還受音樂影響，對雜言詩創作遮遮掩掩，沒有自覺意識長短句格律詩的必然性。明清人編詞譜，始倡句式格律而遠音樂，不過也屬不得已，所以對於文字格律是既愛又恨；直接的影響就是：清人逐一研究了八百多個詞牌和兩千多個詞體的文字格律，但對這麼龐大的句式格律現象竟然沒有橫向比較和內在規律研究，這實在是很可惜的事情。導致這種情況發生的根本原因是傳統文論缺乏詩體形式演進觀念，對中國詩體獨特形式主義內容缺乏理性認知〔註 9〕，並且長期謹守詞的音樂特性而忽視其作爲長短句格律詩的文化符號屬性。

3、本文的定位

所以本文關於「言」的研究，一方面以詞爲核心，另一方面，也隨時考察歷代齊言雜言句式的演進規律，以此說明詞的長短句規律的必然性。這樣，從「言」的研究層面看，本文的研究範疇就不局限於詞，而是擴大到詩歌句式的整體演進規律，說大一點，就是會涵蓋到宋以前所有詩體的句式研究暨詩體研究。

二、研究思路

本文擬通過統計法選定詞常用百體，以常用百體爲研究樣本，以詞體的句式組合爲研究核心，圍繞這一核心，形成兩個研究群：類型研究、格律研究，系統研究詞體的小句——整句——句群的節奏與格律規律。根據兩個研究群和前人的研究情況，本文擬定研究大綱，分

〔註 9〕 中國詩體討論較重要者有宋嚴羽《滄浪詩話》「詩體」篇、明吳訥《文章辨體》、徐師曾《文體明辨》辯詩篇、胡應麟《詩藪》內篇、許學夷《詩源辨體》、近人劉大白《中詩外形律詳說》、程毅中《中國詩體流變》等，諸人蓽路藍縷之功不可沒，然多較爲粗略，且率持論模糊，或則以風格代論詩體，或則以流派混論詩體，或則以時代割裂詩體，於詩體分合流變多不得要領，是於中國詩歌核心形式要素認識不足故也。

爲七章：第一、二章爲研究的準備部份，第一章，歸納長短句常用百體，作爲論文的研究樣本；第二章，探討律句觀念，作爲研究的理論基礎；第三、四章進行句式研究，分別研究詞體分句的類型和格律特點；第五、六章進行句式組合研究，分別研究句式組合的組織規律和格律規律；第七、八章進行句群關係研究，分別研究句群的格律關係和組合關係，第五、六、七、八章依次研究詞中小句組成整句、整句組成句群的句法規律和格律規律，是爲本文的重點；第九章，對研究結果作綜合歸納，對詞體總體結構體系作闡釋說明，並利用研究結果重估詞學規律和詩歌歷史。現將研究框架圖示如下：

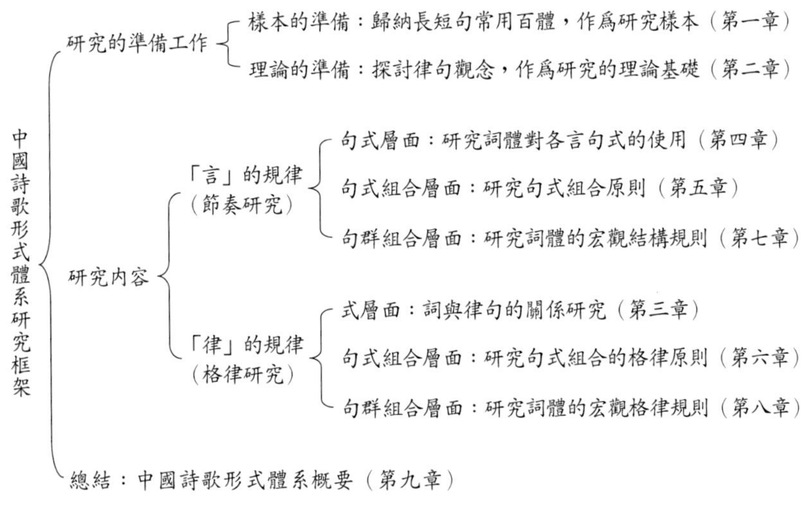

各部份具體研究思路如下。

（一）唐前句式及句式搭配研究

唐前句式及句式搭配研究，對詞體研究來講就是「溯源」。其研究現狀是：1、雜言搭配研究基本空白——雜言詩被認爲不定型，除楚辭外，其句式不受重視；2、齊言搭配研究無系統，散見於各齊言詩研究中，各研究亦參差不齊——五七搭配研究成熟，發現完備「黏對」規律；六言搭配研究完成，結論是六言詩中「黏對」規律與律句不易共容，多拗句；三言詩本少，三言搭配少有人研究，更無人問其格律；四言詩研究雖多，但集中於詩經，無人探其格律；3、各言及各言詩的起源皆有研究，但演進情況參差——五七言演進最詳備；三四六則不清晰，「四六」及漢賦「三言」等重要現象不入詩歌研究者視野。

本文究思路是：1、尋找「律詞」前雜言詩中成熟的句詩搭配；2、探討「四六」發達與「五七言詩」發達是否有關係；3、探討三言詩是否需要格律，唐四言詩格律如何；4、描述「律詞」前「言」的總體演進軌跡（不是指各言詩）。

（二）詞的小句格律研究

研究現狀是：1、今代詞家多考小句內部節奏，以作分類，但十分蕪雜，王力集大成；2、王力遍舉詞中各言小句的常見格律，但只在五七言中談「律句」觀念，其餘未及；3、啓功將「律句」觀念擴充至二、三、四、八、九言，並言及韻文甚至散文；4、拗句觀念始自詩，詞中拗句觀念，萬樹首倡，王國維附和，吳梅謹守，宛敏灝有小論，洛地似有微詞，均無系統詳細研究，詳細資料仍在萬樹詞譜；5、四聲研究，最爲繁細，向難定論，吳、龍、夏三人研究最多，三人態度則不一，吳爲謹守派，餘二人始作精密演變和聲情研究，龍爲開放派，雖倡聲調之說，但不主守四聲；6、各詞牌小句格律現狀已於各詞譜中盡行標明。

本文研究思路是：1、應用啓功「律句」觀念，做一個詞的律句比重統計——具體方法是，從詞譜找出常見一二百詞牌，擬定其基本平仄，加以調查統計——從結果分析律句的狀況和意義；2、研究各律句的構成、與前代承繼關係、功能；3、對拗句觀念進行研究。

（三）研究小句組成整句的規律

研究現狀：1、詞譜但列現象，無一般研究；2、有研究則羅列一些特殊的句式搭配現象，主要有「對句」「領字句」「疊句」——（1）「對句」論述集中於吳梅、唐圭璋、王力三家，其特點有二：一是僅羅列類型，不考狀態、多寡、演變、功能，二是皆類型不全。(2)「領字句」研究集中於吳、唐、王、洛四家；吳唐王爲傳統派，僅羅列種類，以唐爲最全，有「二字領」「三字領」之類型；洛最有趣，有長篇詳盡研究「一字領」文字，論及類型、結構、功能，結論是：一、「一字領不入句法」；二、「二字領」「三字領」皆係誤解，本無。(3)「疊句」論述，僅見於唐，只羅列類型例句。3、詞中有「排比句」，似無人論及。

研究思路：1、首先從宏觀上弄清詞牌中各類句式的大致比例，由結果推論：一它對前代句式的揚棄關係，二詞中各類句式的地位暨小句組合時親和力強的「活躍句」與親和力差的「不活躍句」情況；2、從特殊搭配入手，系統研究「對句」「領字句」「疊句」「排比句」的類型、繼承關係、位置、功能；3、將起首、過片、煞尾三處句式作特殊搭配句處理，研究其句式情況；4、最後全力歸納「一般的小句組合規律」，全面研究其分類、繼承關係、功能。

（四）研究整句組成句群和詞牌的規律

研究現狀：1、成體系研究，僅有劉、洛兩家，都有難於克服的缺陷——(1)劉永濟通盤檢討「古體——永明體——近體——詞」的格律，得出結論，古今詩體宏觀形式僅有四正式：連續式（ABABABAB）、分段式（ABAB－CDCD）、環抱式（ABCD－CDAB）、交互式（ABCD－ABCD），律詩與詞最通用之體均爲「交互式」(所謂交互，其實就是上下部份相重，其實也就是重章疊唱，當然，側重於「重章」)，優點在於得「句群構成詞牌」之部份規律即重章規律，缺點在於失「整句構成句群」之規律，而後者實際上恐怕更爲根本；(2)洛地以「律詞」觀念探討詞體的「字——句步——韻句——韻斷——片——篇」構成，只完成了步、句、幾種簡單的韻斷構成研究，未完成全部構想，文中提出三個觀點——「步步相對」原則、「句末步往前推，遇黏分句」的按律分句觀點、「以韻腳爲基點向上構建爲韻句」的按韻斷住觀點——第一個與「竹竿律」同，第二個說服力不足，但第三個極具穿透力，實際上可能就是本文「句群組成詞牌」的原則之一，但尚須發揮和仔細辯論。2、詞牌句式變異與下列現象的關係研究：「添字」「減字」「偷聲」「添聲」「減聲」「促拍」「折腰」「攤聲」「攤破」「又一體」「聲詩」「詞牌異名」，有王力、洛地、任半塘及詞譜，十分複雜，有待再澄清。3、詞牌聲情研究，二吳、龍、夏著力最多，其總的情況，一是分散，言擇腔者分散，言宮調者分散；二是或從音樂角度，或作籠統描述，少從句式角度入手的。4、龍榆生研究詞牌聲情四原則「同聲相應、異音相從、奇偶相生、輕重相權」，可惜仍多做模糊經驗之談。

研究思路：1、以 100 詞體作總體分析，弄清整句組合關係和原則；2、據此原則復探討詞牌聲情；3、據此原則檢討劉永濟「交互說」和洛地「韻段說」的成敗；4、如有可能，從句式角度再檢討「添字」「減字」「偷聲」「添聲」「減聲」「促拍」「折腰」「攤聲」「攤破」「又一體」「聲詩」「詞牌異名」現象。其中，詞體聲情研究本文將視情況而定。

本文預計共討論如下 15 個問題：

1. 尋找「律詞」前雜言詩中成熟的句式搭配。
2. 探討「四六」發達與「五七言詩」發達是否有關係。
3. 三言詩是否需要格律？唐四言詩格律如何？
4. 描述「律詞」前「言」的總演進軌跡（不是指各言詩）。
5. 應用啓功「律句」觀念，做一個詞的律句比重統計——具體方法是，從詞譜找出常見一百詞牌，擬定其基本平仄，加以調查統計——從結果分析律句的狀況和意義。句、整句組成句群的規律，是爲本文重點。
6. 研究各律句的構成、與前代承繼關係、功能。
7. 拗句觀念研究。
8. 首先從宏觀上弄清詞牌中各類句式的大致比例，由結果推論：

一它對前代句式的揚棄關係，二詞中各類句式的地位暨小句組合時親和力強的「活躍句，與親和力差的「不活躍句」情況。

9. 從特殊搭配入手，系統研究「對句」「領字句」「疊句」「排比句」的類型、繼承關係、位置、功能。
10. 將起首、過片、煞尾三處句式作特殊搭配句處理，研究其句式情況。
11. 最後全力歸納「一般的小句組合規律」，全面研究其分類、繼承關係、功能。
12. 以 100 詞牌作個案分析，弄清整句組合關係和原則。
13. 據此原則復探討詞牌聲情；
14. 據此原則檢討劉永濟「交互說」和洛地「韻段說」的成敗。
15. 如有可能，從句式變異角度再檢討「添字」「減字」「偷聲」「添聲」「減聲」「促拍」「折腰」「攤聲」「攤破」「又一體」「聲詩」「詞牌異名」現象。

本文的研究重點爲涉及句式研究的第 1、4、6、11、12、13 條：本文的研究難點：涉及聲情即表情功能研究的 7、13 條；本文的研究創新點：各重點、難點似皆爲創新處，此外，三個統計也可列入。

本文主要用到實證研究方法。包括三種具體研究方法：統計、歸納和比較。在處理「律句的比例及意義」「各類句式的比例及意義」「研究對象 100 個詞牌的選擇」等問題時，將以統計數據說明問題。在探討「小句組合規律」「句群構成規律」時，將以歸納法求其公例。

三、研究意義

本文意在尋求詞體中類似於律詩黏對律的句法與格律構成規律。

本文的研究不僅有助於理解詞體形式的規律，而且對探討中國詩歌形式的演進歷程必然產生積極影響，大概來講，則有兩點：往前看，本文將從句式的「言」（即節奏）及「律」（即格律）角度對舊詩演進規律作一總結；往後看，本文將對新詩體長短句的節奏和格律創造提供借鑒和參考。

關於前者，引入遙相呼應的龍榆生和洛地兩位先生的詞體觀點來說明。龍榆生提出主平仄的「聲調之學」觀點，《詞律質疑》指出：「居今日而言詞律，將廢棄四聲而高談宮調乎？抑將謹守四聲，自詡爲可盡協律之能事乎？前賢不可復作，音譜亦淹沒無傳，聲音之道至微，果將何所取正？然歸納眾製……則四聲清濁之間，亦大有研究之價值。必守一家之說，以爲四聲清濁，可以盡宋詞音譜之妙，乃謹守勿失，而自詫爲能契其微，則恒以偏概全，動多窒礙。吾意今人之言詞律，乃如詩律之律；詞至今日，特一種句讀不葺之新體律詩耳」〔註10〕。洛地先生在《詞體構成》中提出「律詞」觀點：「詞」是格律化的長短句韻文，詞之爲詞在其律，可稱爲「律詞」；「律詞」是華夏民族特徵最高層次的韻文體式；案頭詞是詞的大道，因而「律詞」研究重心亦當在格律而不是音樂。本文認同兩位先生的「聲調之學」和「律詞」觀念，並認爲，就像「律詩」具有黏對規律一樣，「律詞」必定有其更深的規律，這一規律本質上講應該是一個句式搭配表情達意的問題，句式搭配表情達意的方式應該就蘊涵在800多個詞牌兩千多個詞體當中。由於詞的句式是此前所有傳統韻文長短句式的綜合，所以，長短句式的搭配規律應該遠比律詩豐富複雜，因而更具有研究價值。從理論上講，這些規律應該包含前代詩體關於句式搭配的經驗，同時還應該包含大量的新經驗，找到這些經驗將有助於我們理解古詩——律詩——律詞的演進細節——而實際研究的現狀是，啓功、龍榆生、王力、洛地、劉永濟等都在這個方向上做過或深或淺的努力，但都還處於起步階段———本文將把這些努力延續下去，爭取在前人的思路上進一步，找到這些「詞律」原則。這就是本文研究的直接價值。所以說本文的研究是對中國舊詩的演進體系作一個小結，當然這個結最後結在「律詞」上，結在律詞的句式構成規律及其功能上。

〔註10〕龍榆生：《龍榆生詞學論文集》，上海古籍出版社，1997年，頁148。

至於後者，不能在這裡展開，只說關鍵點：新詩的基本句形是長短句，最大的問題是節奏，漢語花了一千多年時間找到詩歌句形的四聲韻律，形成豐富多變的長短句節奏，在「律詞」（這個概念是洛地先生提出來的，很妙，其意義在下文中再作介紹）實踐中集于大成，其對同樣爲長短句形式的新詩的無疑具有啓發意義——但恰恰就是這個「律詞」，傳統研究薄弱，只存現象，不探規律，長短句多是多矣，終不成叫現代人再去畫那兩千多個葫蘆，其間若無規律，叫作者如何措手——所以本文意在探討，庶幾能發明其間一二規律，讓讀者明白舊體詩在何種語言體系何種條件下形成了何種規律，對新詩作手有「永明」之鑒，便是意義所在。

四、本文框架

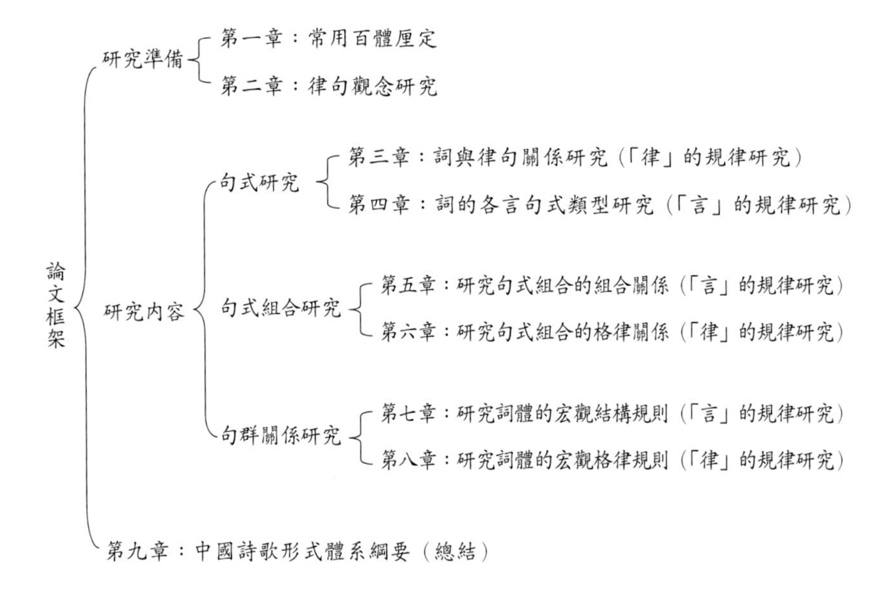

第一章　常用百體

科學研究之成敗，必依於研究方法之合適與否。欲破除傳統經驗之談，對長短句「言」與「律」規律作一徹底研究，捨實證統計而無它法。實證之法，首求一典型之研究樣本，一切研究皆可繫於該研究樣本之上而無可置病。本章介紹本文所用研究樣本——常用百體——之確立過程。此一過程概而言之，則有三步：從全唐五代詞排名、全宋詞排名、全金元詞排名到全唐宋金元詞總排名；從唐宋金元詞總排名到常用百調；從常用百調到常用百體。

第一節　研究樣本釐定概說

（一）本文研究對象：長短句的「言」和「律」。

（二）研究所取樣本：詞之「常用百體」

（三）取樣的前提

（1）三大詞譜的出現：《詞律》《欽定詞譜》《詞繫》

（2）三大總集的出現：《全唐五代詞》《全宋詞》《全金元詞》

（3）兩大格律理論的形成：律詩「黏對律」與律句「竹竿律」

（四）取樣的依據

首先，基於長短句組合的兩個潛在原則，將研究對象定於有「長短句」之稱的詞。長短句組合的兩個潛在原則，一是節奏，二是格律。從節奏上看，詞與曲的節奏最爲豐富，遠勝於詩經的主四言，楚辭的有限兮字句，漢魏至唐的五、七齊言；而詞較曲又更爲嚴謹，有所謂「篇有定句，句有定字」，更便於研究。從格律上看，以永明體爲界，一千五百年之前是自然律階段，一千五百年之後中國詩歌進入格律階段，一千五百年前，自然弗爲本文研究重點，而一千五百年後，成熟的格律見於永明、唐律、宋詞、元曲，以詞曲最爲豐富，永明渺遠，尚難完備，唐律完備，規律早出，曲以四聲，研究繁難，不以詞律爲基礎，恐陷入空人說夢，故亦宜以詞爲最佳研究對象。

其次，基於簡化和典型化原則，將研究對象定於詞之「常用百體」。「常用百體」，是我的概括，這個研究對象的選擇經歷了幾個步驟。首先，將研究對象約束於唐宋金元詞範圍。詞萌芽於隋唐，確立於中唐，成熟於晚唐五代，一盛於北宋，再盛於南宋，三盛於清〔註1〕，

〔註1〕 關於詞史六期——「詞萌芽於隋唐，確立於中唐，成熟於晚唐五代，一盛於北宋，再盛於南宋，三盛於清」，此是筆者概括，用以說明詞的六個發展階段。詞體發展史，最著名莫過於胡適三階段說，即《詞選》(《胡適學術文集·中國文學史·上》中華書局1998年版，頁468～469）所論：「我以爲詞的歷史有三個大時期：第一時期：自晚唐到元初（850～1250），爲詞的自然演變時期。第二時期：自元到明、清之際（1250～1650），爲曲子時期。第三時期：自清初到今日（1650～1900），爲模仿塡詞的時期……我的本意想選三部長短句的選本：第一是《詞選》，表現詞的演變；第二部是《曲選》，表現第二時期的曲子；第三部是《清詞選》，代表清朝一代才人藉詞體表現的作品。這部《詞選》專表現第一個大時期。這個時期，也可分作三個段落。（1）歌者的詞，（2）詩人的詞，（3）詞匠的詞。蘇東坡以前，是教坊樂工與娼家妓女歌唱的詞；東坡到稼軒、後村，是詩人的詞；白石以後，直到宋末元初，是詞匠的詞。」胡適的意見，於創作主體及詞的功能演變劃分詞史，固極重要。然胡說持雜文學觀，首先於「詞」雜用「詞牌」與「一切長短句」兩個含義，分歧不明，時見牴牾；其次於「詞牌」之詞的發展史只講宋以前，於清詞的中興現象卻歸入廣義「長短句」一類，於詞的內在統一性實有割裂之嫌。本文欲確立長短句之文學本體，兼顧詞的史學事實，故別立文字，

當以何者爲限，何者爲研究對象？我的做法是，以金元爲限，主要考察唐宋金元詞，這樣做的好處有二，一是清詞以誦，唐宋金元詞唱、誦二元（本文其後有辨），以唐宋金元詞爲研究對象，更爲客觀，二是從資料上作考慮，全唐五代詞、全宋詞、全金元詞皆已出，更便於研究。其次，將對唐宋金元詞的研究簡化爲對詞牌研究。全唐五代詞三千餘，全宋詞三萬餘，全金元詞七千餘，詞的數目，實爲浩繁，若作爲研究對象，且且不可，所幸清人萬樹、王奕清、秦巘等已作詞牌歸納，欽定詞譜歸納八百餘詞牌組織結構，足可以直接援入研究。再次，從全部八百餘詞牌中精選 100 常用詞牌作爲研究代表。最後，將研究對象固定於「常用百調」之「常用百體」。100 常用詞牌的詞體數量亦爲龐大，遂於每一詞牌挑選一代表詞體進行研究，形成本文最終研究對象：詞之「常用百體」。

（五）取樣的具體方法暨步驟

第一步：以唐宋金元詞數量排名爲依據，確定 100 常用詞調，簡稱「常用百調」。具體方法是

（1）以全宋詞及其檢索爲依據，作全宋詞詞調排名表；

（2）以全唐五代詞及其檢索爲依據，作全唐五代詞詞調排名表；

（3）以全金元詞爲依據，統計並作全金元詞詞調排名表；

（4）混合三個排名表，作唐宋金元詞詞調排名總表；

（5）從總表中挑選前一百位的詞調，作爲「常用百調」。

第二步：針對「常用百調」，按每一詞牌選定一代表詞體的原則，以《欽定詞譜》所載正體爲基本依據，以《詞律》《詞繫》爲參考，釐定出一百個具有代表性的詞體，確定爲「常用百體」。

研究樣本釐定流程圖：

以概括詞史的六個發展階段。關於詞史分期，眾說亦紛，詳細意見參考王兆鵬《唐宋詞史論》上篇「從代群分期看宋詞的演變」一節綜述（《唐宋詞史論》，北京：人民文學出版社 2000 年 5 月版，頁 3～50）。王持「代群分期」觀，亦可參考。

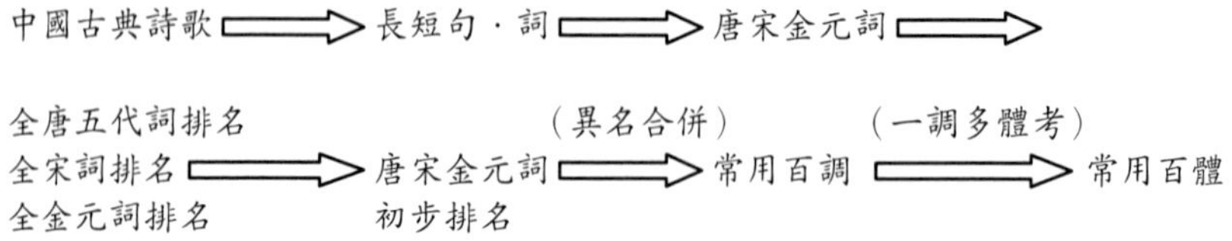

中國古典詩歌 ⟹ 長短句．詞 ⟹ 唐宋金元詞 ⟹

全唐五代詞排名 　　　　　　（異名合併）　　（一調多體考）
全宋詞排名 ⟹ 唐宋金元詞 ⟹ 常用百調 ⟹ 常用百體
全金元詞排名 　初步排名

第二節　全唐宋金元詞排名

一、全宋詞排名

（一）全宋詞詞調統計說明

（1）宋詞牌統計所用書：《全宋詞作者詞調索引》，高喜田、寇琪編，中華書局 1992 年版；本索引據中華書局 1965 年版《全宋詞》和 1981 年版《全宋詞補輯》編製。

（2）同調異名處理依索引規範。索引參考吳藕汀《調名索引》（中華書局版），以常見調名為主目，異稱附注主目後列出。

（3）不入統計者有以下幾項：

a.《存目詞》皆誤，不入統計。

b.《全宋詞作者詞調索引》頁 159 面所錄「斷句」，不入統計。

c. 65 年版《全宋詞》頁 3060—3066 錄王義山作樂語長短句唱詞 21 首，詩 15 首及致語、遣隊等 8 段，均不入統計。

d.《全宋詞作者詞調索引》頁 167～174 錄「失調名」詞，不入統計。

（4）《訂補續記》收詞，入統計。

（5）原始表排序依檢索，按四角號碼排序。

（二）統計結果

為覆查的方便，我們按《全宋詞作者詞調索引》先做《全宋詞統計原始表》，將此表保留。然後變換上表，按詞牌的含詞量排名，得本文所需《全宋詞排名表》。爲節省篇幅，行文時將前表省略，將後表置於附錄。即有：

表 1：《全宋詞統計原始表》（略）

表 2：《全宋詞排名表》（見附錄）。

二、全唐五代詞排名

（一）全唐五代詞詞調統計說明

（1）所用書：《全唐五代詞作者及詞調索引——詞調索引》謝惠平編（附於《全唐五代詞》下，曾昭岷、曹濟平、王兆鵬、劉尊明編著，中華書局 1999 年版）。

（2）同調異名不合併。

（3）以下兩類不入統計：

A．《索引》末引「失調名」詞 58 首，不入統計。

B．《索引》中〔存〕、〔附〕，爲存目詞及附錄的非唐五代人作品，不入統計。

（4）《索引》有正編、副編之分，副編亦暫入統計（如五更轉、水鼓子之類）。

（5）原始表排序依索引，按首字筆畫排列，畫數相同則按起筆橫豎撇點折順序排列，再同則按次字筆畫排列。

（二）統計結果

爲覆查的方便，我們按《全唐五代詞作者及詞調索引——詞調索引》先做《全唐五代詞統計原始表》，將此表保留。然後變換上表，按詞牌的含詞量排名，得本文所需《全唐五代詞排名表》。爲節省篇幅，行文時將前者省略，後者置於附錄。即有：

表 1：《全唐五代詞統計原始表》（略）

表 2：《全唐五代詞排名表》（見附錄）

三、全金元詞排名

（一）全金元詞詞調統計說明

（1）用書：

《全金元詞詞牌索引（1）》，日，荻原正樹。人文研究（1999），98：133～156，1999-08-31

《全金元詞詞牌索引（2）》，日，荻原正樹。人文研究（2000），99：111～136，2000-03-31

《全金元詞詞牌索引（3）》，日，荻原正樹。人文研究（2000），100：211～244，2000-09-29

《全金元詞詞牌索引（4）》，日，荻原正樹。人文研究（2000），100：135～162，2001-03-30

《全金元詞詞牌索引（5）》，日，荻原正樹。人文研究（2001），102：111～151，2001-09-28

（2）索引5中「缺名未群」部份、「補遺」部份均不入統計。

（3）排序依索引自然排序。

（二）統計結果

爲覆查的方便，我們按《全金元詞詞牌索引》先做《全金元詞統計原始表》，將此表保留。然後變換上表，按詞牌的含詞量排名，得本文所需《全金元詞排名表》。爲節省篇幅，行文時將前者省略，後者置於附錄。即有：

表5：《全金元詞統計原始表》（略）

表6：《全金元詞排名表》（見附錄）

四、唐宋金元詞總排名

（一）唐宋金元詞統計說明

在《全唐五代詞排名》《全宋詞排名》《全金元詞排名》三表的基礎上，作《全唐宋金元詞總排名表》：

（1）按漢語字母排序，混合三表；

（2）同名合併；

（3）同調異名極明顯外，暫不合併；

（4）由於兩個原因——A.三表中後二表本身未做異名合併工作，B.三表異名合併甄別辨析工作亦極繁難——故所得排名亦暫時僅爲粗略，以下皆稱初步。

（二）統計結果

爲覆查的方便，我們按上述方法得到《全唐宋金元詞統計原始表》，將此表保留。然後變換上表，按詞牌的含詞量排名，得本文所需《全唐宋金元詞總排名（初步）》。爲節省篇幅，行文時將前者省略，後者置於附錄。即有：

表 7：《唐宋金元詞統計原始表》（略）

表 8：《全唐宋金元詞總排名表（初步）》（見附錄）

五、全唐宋金元詞初步排名統計結果簡要說明

在沒有進行異名合併前，我們可以由初步排名結果得到一些關於詞調的初步印象，這些初步印象雖然不夠精確，但仍然能夠幫助我們理解唐宋金元人運用詞調的基本情形。故略述如下。

（一）詞牌存詞狀況

統計存詞 100 首以上的詞牌有 65 個；存詞 50 首以上的詞牌有 94 個；存詞 20 首以上的詞牌有 195 個；存詞 10 首以上的詞牌有 322 個；存詞 10 首以下的詞牌有 1017 個；存詞 2 首以下的詞牌有 713 個；存詞僅 1 首的詞牌有 528 個。即：

表 1－1　詞牌存詞數量區間統計

每詞牌存詞數量	1	2	3	4	5	6～9	10～	20～	50～	100～
詞牌數	528	185	64	70	45	125	323	195	94	65

（二）存詞排名前百位詞牌名單

浣溪沙	水調歌頭	鷓鴣天	菩薩蠻	西江月
滿江紅	臨江仙	滿庭芳	念奴嬌	沁園春
蝶戀花	兵要望江南	清平樂	減字木蘭花	點絳唇
賀新郎	南鄉子	玉樓春	漁家傲	虞美人
木蘭花慢	好事近	踏莎行	水龍吟	朝中措
十二時	南歌子	謁金門	江城子	卜算子
如夢令	鵲橋仙	驀山溪	望江南	柳梢青
採桑子	生查子	訴衷情	阮郎歸	洞仙歌
浪淘沙	感皇恩	青玉案	憶秦娥	八聲甘州
小重山	醉落魄	齊天樂	楊柳枝	瑞鶴仙
喜遷鶯	摸魚兒	太常引	蘇幕遮	長相思
行香子	定風波	瑞鷓鴣	風入松	醉蓬萊
聲聲慢	永遇樂	導引	眼兒媚	霜天曉角
一翦梅	巫山一段雲	桃源憶故人	更漏子	漢宮春
千秋歲	祝英臺近	少年遊	漁父詞	憶王孫
漁父	清心鏡	五陵春	望蓬萊	烏夜啼
五更轉	酒泉子	無夢令	燭影搖紅	踏雲行
酹江月	風流子	長思仙	最高樓	摸魚子
糖多令	望海潮	搗練子	夜行船	一落索
人月圓	天仙子	蘇武慢	南柯子	浪淘沙

（三）前百名詞牌的一些特點

粗略統計，前 99 詞牌中：只有唐人才用的詞牌名有兵要望江南（實即望江南）；唐沒出現的詞牌有 50 首；只有宋人才用的詞牌有賀新郎、摸魚兒；宋沒有的詞牌有清心鏡、望蓬萊、五更轉、無夢令、踏雲行、酹江月、長思仙、摸魚子、搗練子、蘇武慢；宋人首次使用的詞牌有 41 個；金元人首次使用的詞牌有清心鏡、望蓬萊、無夢令、踏雲行、酹江月、長思仙、摸魚子、蘇武慢；金元沒有的詞牌有 7 個。

（四）前百名詞牌中唐宋金元長盛不衰的詞牌

（存詞數均在 10 首以上）。

表 1－2　常用百體詞牌中長盛不衰的 20 體詞牌

調名	唐詞數量	宋詞數量	金元詞數量	總計存詞量
浣溪沙	95	820	129	1044
菩薩蠻	85	614	69	768
西江月	46	491	220	757
臨江仙	34	494	176	704
沁園春	20	438	177	635
清平樂	18	366	129	513
南鄉子	39	265	126	430
玉樓春	13	351	36	400
虞美人	24	307	35	366
南歌子	27	261	14	302
謁金門	17	236	39	292
江城子	14	193	78	285
望江南	19	189	24	232
採桑子	17	178	15	210
訴衷情	11	161	33	205
楊柳枝	112	15	17	144
喜遷鶯	10	101	30	141
定風波	12	86	29	127
漁父詞	19	60	8	87
漁父	29	30	24	83

第三節　常用百調異名考釐定

一、釐定方法說明——「考異名，並同調」

根據《全唐宋金元詞總排名表》確立詞之常用百調，其基本方法是「考異名，並同調」。即結合三大詞譜及《詞調名辭典》提示，以《全唐宋金元詞初步排名》爲基礎，對排位靠前的詞牌進行異名辨析，數據合併，以準確找到排名前一百位的詞牌，釐定其爲「常用百調」。

可行行說明：雖然因工作量過大，無法對全部詞調進行異名刪並工作，但對前一百幾十位的詞牌進行異名辨析工作，則是可行的。而且，這樣做對本文研究也沒有不妥。本文目的在尋找常用百調，排名靠後的詞牌除非會被合併到前百位詞牌中，否則對本文研究將無影響。而在對排名靠前的一百幾十個詞牌進行異名合併工作的時候，將充分考察其可能存在的各種異名，故而不會遺漏排名靠後的那些對本文結果有效的異名詞牌。

二、詞調異名考及存詞數據修正

本部份進行詞調異名考，根據異名考結果和數據對常用百調進行異名合併和重新排名。

（一）《浣溪沙》異名考及存詞數據修正（小庭花、浣溪紗、浣紗溪、翫丹砂、翫溪沙）

考1：題名《翫丹砂》43首皆爲《浣溪沙》——唐圭璋1979版《全金元詞》收《翫丹砂》43首，其中馬鈺40首（頁322～324，374～376），邱處機3首（頁472），馬鈺《翫丹砂——㯳住虛無撮住空》前有馬鈺序「本名浣溪沙，贊師叔玉蟾普明澄寂和公眞人辭世」（頁374），邱處機《浣溪沙——雲水飄飄物外吟》下有唐圭璋題「景金本注云，三首本名浣溪沙」（頁472），且所有格律全合《浣溪沙》「777－777」格，則可判定，《翫丹砂》43首皆爲《浣溪沙》。《詞律》言《浣溪沙》別名未提《翫丹砂》。

考 2：題名《翫溪沙》4 首皆爲《浣溪沙》——唐圭璋 1979 版《全金元詞》收《翫溪沙》4 首（頁 550），作者王吉昌，考其格律，與平韻《浣溪沙》全同，則其詞牌當屬《浣溪沙》。《詞律》言《浣溪沙》別名未提《翫溪沙》。

《浣溪沙》統計數據更改：《浣溪沙》原錄金元 129 首，唐至金元總 1044 首；併入金元詞《翫丹砂》43 首和《翫溪沙》4 首後，計全金元 176 首，總 1091 首。

（二）《水調歌頭》異名考及存詞數據修正（江南好、花犯念奴、水調歌、水調）

考 1：《詞律》「水調歌頭」目「夢窗名江南好」質疑——《詞律》「水調歌頭」目錄中云「九十五字，白石名花犯念奴，夢窗名江南好，按此調夢窗稿作江南好，前憶江南亦名江南好，與此無涉」，正文中云「九十五字，夢窗名江南好，白石名花犯念奴」（卷十四，十九——頁 324）。查唐圭璋《全宋詞》共收題名《江南好》詞四首，分別爲 1 冊 119 頁葉清臣《江南好——丞相有才俾造化》、1 冊 266 頁曾布《江南好——江南客》，3 冊 2093 頁趙師俠《江南好——天共水》、4 冊 2903 頁吳文英《江南好——行錦歸來》。葉作疑爲《憶江南》殘作；曾趙二作均係雙調《憶江南》。吳作補所缺一字，爲 95 字，但句式全不似《詞律》所列「水調歌頭」格式。不知萬樹何以斷定「此調夢窗稿作江南好」。吳作前有小序，說到「越翼日，吾儕載酒問奇字，時齊示江南好詞，紀夢前夕之事，輒次韻」，則似可推斷，此《江南好》爲次韻之作，偶然命名可能性不大，當爲當時大家熟悉一獨立詞牌。（《憶江南》數據統計當增此三首《江南好》）

考 2：《詞律》「水調歌頭」目「白石名花犯念奴」質疑——《詞律》「水調歌頭」目錄中云「九十五字，白石名花犯念奴，夢窗名江南好，按此調夢窗稿作江南好，前憶江南亦名江南好，與此無涉」，正文中云「九十五字，夢窗名江南好，白石名花犯念奴」（卷十四，十九——頁324)。查唐圭璋《全宋詞》無周邦彥花犯念奴詞;《全宋詞》共收題名《花犯》詞11首(其中有存周邦彥《花犯》詞1首(頁609)),《繡鸞鳳花犯》1首,《全金元詞》收《花犯》詞1首,韓奕作(頁1155),都與《詞律》「水調歌頭」句式全異;則《花犯》當為一獨立詞調。周邦彥「水調歌頭」《全宋詞》僅存殘詞《水調歌頭——今夜月華滿》一首(頁630)。不知《詞律》「白石名花犯念奴」所據。

考3:《水調歌頭》次句斷句釋疑——《詞律》列蘇詞「明月幾時有」為格式,云「不知至何年十一字,語氣一貫,有於四字一頓者,有於六字一頓者,平仄亦稍有不同,但隨筆所致所至,不必拘定」,極是正確,可以《全宋詞》錄《水調歌頭》兩格均存為證。

考4:《全宋詞》題為《水調歌》詞24首應併入《水調歌頭》詞牌——《全宋詞》錄24首題為《水調歌》詞(索引頁121),其句式格式全同《水調歌頭》(次句斷句亦有兩種,四六斷較常見),故應併入《水調歌頭》詞牌。

考5:《唐五代詞》錄《水調》2首,《水調詞》11首,《水調歌》11首,均非《水調歌頭》詞。

《水調歌頭》統計數據更改:《水調歌頭》錄唐至金元詞924首;併入《水調歌》詞,宋24首,總計得詞948首。

(三)《鷓鴣天》異名考及存詞數據修正(思佳客1046、思越人1048、鷓鴣引、醉梅花1、千葉蓮1、避少年2、剪朝霞1、第一花1、半死桐2;於中好、歸國謠、瑞鷓鴣、丹陽詞、木蘭花、洞中天(索引4))

《詞調名辭典》頁1021「鷓鴣天 又名:一井金、千葉蓮、半死桐、於中好、拾菜娘、思佳客、思越人、洞中天、看瑞香、第一花、禁煙、剪朝霞、醉梅花、錦鷓鴣、避少年、離歌、鷓鴣引、鷓鴣飛、驪歌一疊」

考 1：《全宋詞》收題名思佳客 33 首應併入《鷓鴣天》，題名《思佳客令》1 首應入《歸國謠》——《索引》頁 397 錄思佳客 33 首，《思佳客令》1 首，其下注「按：有兩調，一即歸字謠，一即鷓鴣天」，考 33 首皆係 55 字《鷓鴣天》，統計時應併入《鷓鴣天》。《全宋詞》3 冊 P3255 錄趙彥端 34 字《思佳客令》，索引頁 179 頁併入《歸國謠》；《詞律》鷓鴣天目錄下注「按此調雖有別名而與歸國謠之又名思佳客及五十四字之《於中好》全異」，並於《歸國謠》詞牌條目下列全詞，作同樣處理。（據詞律，則《瑞鷓鴣》正格爲 56 字七律「7－7－7－7／7－7－7－7」；《鷓鴣天》正格爲 55 字近七律「7－7－7－7／33－7－7－7」，《於中好》又爲《端正好》，正格爲 54 字折腰七律「7－34－7－33／7－34－7－33」）

考 2（思越人異名考）：（1）題名「思越人」唐五代詞 8 首，七首應歸「思越人」調，一首應歸「朝天子」調——《全唐五代詞》收題名思越人 8 首（見附索引頁 14），其中七首爲 51 字思越人正格「33－6－7－6／7－6－7－6」，唯下冊頁 705 馮延巳一首「酒醒情懷惡」格式大異，爲「5－34－4－4／3－5－7－3－34」，與《全宋詞》收 2 首題名《朝天子》格近（見索引頁 347）。唐至金元《朝天子》詞僅 2 首，2 冊頁 1204 楊無咎詞「小閣寬如掌」格爲「5－34－4－4／35－7－3－34」；4 冊頁 2643「暮雨頻飄灑」格爲「5－6－4－3／5－7－3－34」。唐圭璋《全宋詞》將此首列入《朝天子》存目，索引思越人下云「按：有三調，思越人、朝天子、鷓鴣天」。王兆鵬《全唐五代詞》頁 705 考辯稱「晁氏琴趣外篇卷六作朝天子，詞譜卷六採之爲朝天子體，注云：『唐教坊曲名。陽春集名思越人。』查教坊記未列朝天子曲名，任半塘教坊記箋訂附錄六載教坊記以外之唐五代曲名一百四十六首，亦無朝天子，而有思越人，則朝天子非唐五代時曲名已顯然，詞譜所云非是」，並於後一頁考此詞爲馮作。按唐說歸入《朝天子》較合理，王說於格式不符待考。（2）題名「思越人」宋詞 5 首題名「半死桐」宋詞 1 首皆應歸入「鷓鴣天」調——《全宋詞》收 5 首題名「思越人」詞、1 首題名「半死桐」詞，均爲 55 字鷓鴣天格「7777／33777」，索引頁 397 皆歸入「思越人」名下，實應併入鷓鴣天詞牌。

考 3：金元無題名「思越人」詞。

考 4：題名「鷓鴣引」金元詞 18 首均應入《鷓鴣天》詞牌——《全金元詞》收王惲《鷓鴣引》18 首（頁 680～682），邱處機《拾菜娘》1 首（鳴鶴餘音卷之四），與 55 字鷓鴣天格全同，故應併入《鷓鴣天》詞牌。

考 5：全金元詞收洞中天 4 首應併入《鷓鴣天》詞牌。

《鷓鴣天》統計數據更改：鷓鴣天原有詞 864 首（1 首題名「半死桐」詞已收入），併入《全宋詞》題名「思佳客」33 首，《全宋詞》題名「思越人」5 首，《全金元詞》題名「鷓鴣引」詞 18 首邱處機《拾菜娘》1 首、洞中天 4 首，共計併入 61 首，最後得詞 1025 首。

（四）《菩薩蠻》異名考及存詞數據修正（子夜歌、重疊金、巫山一片雲）

《子夜歌》考——詞律目錄下注「四十四字，蠻不必作鬟，又名子夜歌，重疊金，巫山一片雲，與巫山一段雲無涉；按此調本青蓮製，後人別名爲子夜歌，可厭，況子夜歌另有 1 百十七字正調在也，圖譜載羅壺秋作菩薩蠻慢一首，查係解連環別名，故不錄。」查《全唐五代詞》收《子夜歌》1 首，「7755－5555」格，爲《菩薩蠻》正調；《全宋詞》收《子夜歌》2 首（見索引頁 138），分別爲 1 冊頁 511《子夜歌——三更月》，45 字「3－7－3－44／7－7－3－44」格，5 冊頁 3314《子夜歌——視春衫》，117 字「76－76－445－763／76－445－56－445－344」格，均與《菩薩蠻》格不同，《詞律》卷 20 定 117 字爲《子夜歌》正格。45 字爲何格待考。

《菩薩蠻》統計數據更改：併入《全唐五代詞》收《子夜歌》1 首，原爲 768 首，今爲 769 首。

(五)《西江月》異名考及存詞數據修正（步虛詞，白萍香）

考：唐至金元 16 首題名《步虛詞》，1 首當歸入《西江月》調——詞律《西江月》目錄下云「五十字，平仄互叶，又名步虛詞，白萍香」，列「6676－6676」爲正格。考《步虛詞》，《全唐五代詞》收 9 首，8 首爲絕句體，1 首爲頁 82 收錄「仙女侍」，「33777」格，王兆鵬考辯爲詞，仍與西江月大異；《全宋詞》題名《步虛詞》7 首（索引頁 147），其中，范成大自作題名《白玉樓步虛詞六首》6 首（頁 1622），平韻 27 字「35775」格，詞前自序云「簡齋有法駕導引歌詞，乃依其體，作步虛詞六章，以遺從善」，考宋法駕導引 17 首（含陳與義 3 首，頁 1068），「335775」格，皆重疊首句，去除首句則已與此合，金元法駕導引 4 首，則有已去首句，則此《白玉樓步虛詞六首》6 首當歸入《法駕導引》，另 1 首題名《步虛詞》詞爲頁 2292 程珌「休怪頻年司鑰」，是典型《西江月》格。另《全宋詞》收《步虛子令》1 首，格爲「7－5－45－33 /7－33－46－33」，自成一格。金元無步虛詞。由以上知，唐至金元 16 首題名《步虛詞》詞，只 1 首當歸入《西江月》調。

《西江月》統計數據更改：併入《全唐五代詞》收《步虛詞》1 首，原爲 757 首，今爲 758 首。

(六)《滿江紅》異名考及存詞數據修正（滿江紅慢）

考：《全金元詞》收《滿江紅慢》8 首，均爲 93 字《滿江紅》格，應併入《滿江紅》。（姬翼作品《滿江紅慢》共 6 首）

《滿江紅》統計數據更改：原有 713 首，併入《全金元詞》收《滿江紅慢》8 首，增至 721 首。

(七)臨江仙異名考（庭院深深、瑞鶴仙令、鴛鴦夢、雁後歸）

考：詞律目錄下注「按此體因李易安詞而名庭院深深」，正文下列 54、56、58、60、62、74、93 字格 14 體。《全宋詞》（索引頁 440）

已將瑞鶴仙令 2 首（瑞鶴仙本調 102 字，與此不同）、鴛鴦夢 1 首、雁後歸 3 首（1 冊頁 533），皆爲 60 字「76755 / 76755「格，併入臨江仙。《全宋詞》另有頁 48「臨江仙引」3 首，「2233－6－55－445 / 76－55－66」格，獨立成調。

（八）滿庭芳異名考（鎖陽臺、滿庭霜、滿庭芳慢、瀟湘夜雨、瀟湘雨、轉調滿庭芳）

考：《詞律》目錄注「九十三字，又一體，前後地七句俱七字，又名鎖陽臺、滿庭霜，又一體，九十五字，後五句平仄異。」正文注 95 字爲常用格。有「山抹微雲」和「風老雛鶯，魚肥梔子」名作。《全宋詞》索引錄題名滿庭霜 10 首、滿庭芳慢 1 首、瀟湘夜雨 5 首、瀟湘雨 1 首、轉調滿庭芳 2 首爲此格。

（九）念奴嬌異名考及存詞數據修正（慶長春、百字謠、百字歌、百字令、酹江月、雙翠羽、淮甸春、湘月、大江詞、大江西上曲、大江乘、大江東去、太平歡、壺中樂、壺中天慢、赤壁詞）

考：唐與金元未併入念奴嬌詞牌的詞 116 首應併入念奴嬌詞牌——《全宋詞》索引念奴嬌下錄題名慶長春 1、百字謠 12、百字歌 5、百字令 14、酹江月 100、雙翠羽 1、淮甸春 1、湘月 4、大江詞 1、大江西上曲 1、大江乘 1、大江東去 2、太平歡 1、壺中樂 31、壺中天慢 2、赤壁詞 1。據此查唐與金元未併入念奴嬌詞牌的詞調有：百字令《全金元詞》錄 25 首，百字謠《全金元詞》錄 5 首，「酹江月」《全唐五代詞》錄 1 首《全金元詞》錄 64 首，大江東去《全金元詞》錄 21 首，共 116 首，應併入念奴嬌詞牌。（百字謠（律 16 念奴嬌、譜 28 念奴嬌、拾 8 念奴嬌、典 783 念奴嬌）索引 5；百字令（律 16 念奴嬌、譜 28 念奴嬌、拾 8 念奴嬌、典 783 念奴嬌）索引 5）

（十）沁園春異名考及存詞數據修正（洞庭春色、壽星明、念離群、大聖樂）

考：《全宋詞》洞庭春色歸屬索引與詞律矛盾——《全宋詞》索引「沁園春」下錄題名洞庭春色 9、壽星明 3、念離群 1。查唐與金元無此幾種題名詞。《詞律》「沁園春」錄 2 體，114 字正體，目錄下注「一百十四字，又名壽星明，又一體，一百十五字……按詞統謂詞調又名大聖樂洞庭春色，非也」；「洞庭春色」目錄下注「一百十三字，按此調與沁園春相似而後段第二句不同，查書舟有此調亦名洞庭春色，必是各體，故另收之」。則洞庭春色歸屬索引與詞律矛盾，待考。（大聖樂歸屬無矛盾，《全宋詞》索引錄 7 首，另成調，全金元詞錄 1 首）

另，據張廷傑《俄藏黑水城文獻中的元佚詞》（《寧夏大學學報（人文社會科學版）》2006 年 01 期），在《俄藏黑水城文獻》（漢文部份）第五冊中，保留著手寫的《大聖樂》等九調十首詞，這筆可貴的文獻資料是爲元佚詞，從作品內容判斷，作者當爲修仙悟道之山人隱者抑或是仕途失意的落泊文人，其詞格式有與《詞譜》不相合者，爲詞律研究者提供了新的資料依據。

沁園春存詞數據暫不更改。

（十一）減字木蘭花異名考及存詞數據修正

據表 7 有——

表 1－3　與「木蘭花」名稱相關的詞牌統計

相關詞調	唐詞存量	宋詞存量	宋詞異名	金元詞存量
玉樓春（律 7 木蘭花）	13	351	西湖曲 1、木蘭花 98、木蘭花令 25、續漁歌 1、歸風便 1、夢相親 1、東鳞妙 1、呈纖手 1	36

木蘭花(譜 11 木蘭花令)	10			8（索引 5）
木蘭花令（木蘭花）				3（索引 5）
減蘭	1			
減字木蘭花		438	天下樂令 1、減蘭 11、木蘭香 1、木蘭花減字 5	74
益壽美金花(典 493 減字木蘭花)				39（索引 1）
金蓮出玉花(典 493 減字木蘭花)				31
小木蘭花		1（頁 3818，減蘭正格）		
春曉曲		2（西樓月 1）		
步蟾宮	1	20		1
木蘭花慢		153		197（索引 5）
減字木蘭花慢（典 759 木蘭花慢）				2
偷聲木蘭花		4		
攤破木蘭花		3		
天下樂		1		

1、減字木蘭花、木蘭花、玉樓春、木蘭花慢、步蟾宮、木蘭花令、偷聲木蘭花調名辯

據詞律列木蘭花 5 體、減字木蘭花 1 體（44 字體「47－47－47－47」格）、偷聲木蘭花 1 體（50 字體「77－47－77－47」格）、木蘭花慢 2 體（101 字列 2 體）。其中，木蘭花 5 體分別爲——52 字體「337－337－337－337」格；54 字體「337－337－77－77」格；55 字體「77－337－77－77」格；56 字體「77－77－77－77」格（列體 2，一名玉樓春，一名春曉曲或惜春容），詞律木蘭花目

錄注「又一體，56 字，即玉樓春，又名春曉曲，惜春容。按木蘭花唐人所作，如上四體是矣，句多參差，平仄亦多不拘，至宋名玉樓春，則七言八句皆整齊者矣，須記八句二字先平後仄相間用之。又名春曉曲，與 27 字者不同」，正文 56 字體後注「前後俱七言四句，此宋體也，按唐詞木蘭花如前所列四體是矣，其七字八句者名玉樓春，至宋則皆用七言，而或名之曰玉樓春，或名之曰木蘭花，又或加令字，兩體遂合爲一，想必有所據，故今不立玉樓春之名，而載注前三體之後，蓋恐收玉樓春則如此葉詞無所附，而體同名異不成畫一耳。按搪玉樓春如家臨長信往來道等，句中平仄不拘，顧魏承斑爲有紀律，然不如宋人平仄整齊。蓋首句第二字用平，次句第二字用仄，三平四仄五平六仄七平八仄，是有定格，可從也。其顧魏詞，惟於前後第三句第二字用平餘六句第二字皆仄，而魏詞後起叶韻，顧詞後起用仄聲而不叶韻，又自不同。今不備錄者，因此調宋人合之曰木蘭花，而本譜不敢以唐之玉樓春改名木蘭花也。若欲作顧魏唐腔仍名曰玉樓春可耳。按步蟾宮亦五十六字八句，每句七字，然第二四六句皆上三下四，不可爲圖譜等書混列所誤。」考春曉曲，僅全宋詞 2 首，二冊頁 808 朱敦儒春曉曲「7－6－7－7」格，二冊頁 1104 鄧肅西樓月（下注「即春曉曲」）「7－33－7－7」格。均爲 27 字，並無與玉樓春 56 字同格的，詞律謂「又名春曉曲，與 27 字者不同」必有他據。又考步蟾宮：全唐五代詞頁 1295 錄一首作「734－76－734－734」，全宋詞第二冊頁 1204 楊無咎二首，一作「734－3434－734－3434」，一首作「734－734－734－76」，其他尚未計，足以說明未定格，詞律錄四體，分別爲 55 字體 734－76－734－734 格，56 字體 734－734－734－734 格，57 字體 734－3434－734－3534 格，59 字體 734－3534－734－333－34 格（59 字格詞律錄黃庭堅詞，以爲若去一字，糾正一字，則與 57 字體合），並以 56 字體爲正體，以爲與 56 字玉樓春基本區別在於「步蟾宮亦五十六字八句，每句七字，然第二四六句皆上三下四」。

另有攤破木蘭花：全宋詞錄賀鑄三首，見索引頁 367，分別爲頁 528 二首「744－744－77－744」格，頁 530 一首「744－7－ /744－744」格，與木蘭花關係待考（注：攤破現象參考全宋詞索引頁 367 所列「攤破訴衷情、攤破醜奴兒、攤破江城子、攤破浣溪沙（添字浣溪沙）、攤破南香子、攤破木蘭花、攤聲浣溪沙」。

《欽定詞譜》另列木蘭花令 11 體，與木蘭花調關係須再考。

2、減字木蘭花異名考及存詞數據修正

《詞調名辭典》:「減字木蘭花　又名：小木蘭花、天下樂令、木蘭香、四仙韻、金蓮出玉花、益壽美金花、減蘭」（吳藕汀，上海書店出版社 2005 年版，頁 676；注，「減字」現象研究參考同書頁 676～678 列 9 體題名減字：減字木蘭花、減字木蘭花慢、減字採桑子、減字南鄉子、減字重疊金、減字浣溪沙、減字臨江仙、減字滿路花、減字鷓鴣天、減蘭）

考：全金元詞 31 首金蓮出玉花、39 首益壽美金花、全唐五代 1 首減蘭、全宋詞 1 首小木蘭應併入減字木蘭花調，得詞總計 584 首——全金元 31 首金蓮出玉花，馬鈺占 18（頁 380），邱處機占 7，王丹桂占 6。除馬鈺有 5 首爲「36－36－36－36」格，其他均爲正格「47－47－47－47」。頁 380 馬鈺題名金蓮出玉花詞下自注「本名減字木蘭花，贈大畢先生」。考詞律減字木蘭花下失錄「36－36－36－36」格，木蘭、偷聲木蘭下亦無，拾遺亦不載。

補考：天下樂、天下樂令不同格辯——全宋詞五冊頁 3832 錄無名氏天下樂令一首，「47－444 /47－47」格，只比減字木蘭花正格多一字，索引頁 237 歸入減字木蘭花，似合理；全宋詞二冊頁 1202 錄天下樂一首「雪後雨兒雨後雪」，「7－33－7－34 /35－33－7－33」格，與天下樂令全不同格。兩者關係待考。

（十二）漁父異名考及存詞數據修正（漁父、漁父詞、漁父引）

據表 7 有——

表 1－4　與「漁夫」名稱相關的詞牌統計

相關詞調	唐詞存量	宋詞存量	宋詞異名	金元詞存量	格式情況
漁父（律 1 鋪 1 典 1453 漁歌子，典 1452 漁父引）	29 正格	30（P2310 四首「3375」格；P330 四首「33676」格；P3876 一首「337－336－337－336」格；其他與其他題名如左均爲正格）	誰學得 1、君不悟 1、君看取 1、漁歌子 10、漁父樂 1、堪畫看 1、無一事 1	24 正格（2 首 P46，19 首 P937～939，2 首 P1131）	正格；「3375」格；「33676」格；「337－336－337－336」格；
漁父家風		1「7565－333－444」格			「7565－333－444」格
漁父詞（成 1 典 1453 漁歌子）	19 正格（P977 收顧況一首「666」格爲特殊）	60．P893 正格；P711 雙闕		8 正格（2 首 P807，4 首 P809，2 首 P915）	除 1 首特殊外全正格
漁父引	2「7777」格				「7777」格
漁父舞		8「77737」格（單片漁家傲）			單片漁家傲
漁父詠（典 1455 漁家傲）				4(4 首 P238「77737－77737」格全同漁家傲）	同漁家傲
漁歌		10「77737」格（相當於單片漁家傲）			單片漁家傲
漁歌子	8「337－336－337－336」			13 正格（2 首 P48，8 首 P1133，3P1311～P1312）	唐爲「337－336－337－336」金元爲正格

考：漁父詞牌群關係複雜，中國優秀碩士學位論文全文數據庫有論文《論文人漁父詞（中唐至元）》可資參看。根據比較，可以得到以下一些結論。

1、詞牌格可分爲四類：漁父漁父詞漁歌子一類，正格或「337－336－337－336」格（其中，漁父漁父詞句型基本同。唐漁父漁歌子句型區別甚明：前爲正格，後爲「337－336－337－336」格（可稱爲漁歌子格）；宋無題名漁歌子詞，漁父中混入一漁歌子句型的詞；金元題名漁歌子詞遂有二格，題名漁父者未變）；漁父舞漁歌漁父詠一類，前二漁家傲格，後者單片漁家傲格（漁父舞漁歌僅宋有，漁父詠僅金元有。《全唐五代詞》頁 981 有漁家傲詞牌考辯，其詞爲單片。推測漁家傲格係漁父所演化，但需證據。詞律收漁家傲調 2 格，句型同而韻異；另有憶王孫句型與單片漁家傲全同）；漁父引一類，絕句格；漁父家風自成一格「7565－333－444」。

2、存詞數正格單調 173，正格雙調 1，「337－336－337－336」格 9（可稱爲漁歌子格），單片漁家傲格 18，漁家傲格 4，絕句格 2，漁父家風格 1，「3375」格 4，「33676」格 4，顧況格 1。

3、各格演變路徑：唐有正格、絕句格、顧況格、漁歌子格；宋有正格、漁歌子格、雙調格、單片漁家傲格、「3375」格、「33676」格、漁父家風格；金元唯正格、漁歌子格、漁家傲格。

漁父存詞數據修正：題名漁父 83 首漁父詞 87 首多爲正格可合併爲漁父得 170 首。

（十三）望江南異名考及存詞數據修正（望蓬萊、兵要望江南、憶江南、安陽好、夢江南、憶江南）

據表 7 有——

表 1－5　與「望江南」名稱相關的詞牌統計

相關詞調	唐詞存量	宋詞存量	宋詞異名	金元詞存量
望江南（憶江南）	19 正格（單雙調）	189（除 P371 二首 P636 一首殘外，皆正格；雙調多）	安陽好 11（雙調）、夢江南 2（雙調）、憶江南 1（雙調）	24（P1142 二首 P1248～1249 十首單調，餘爲雙調）
憶江南	7（4 首單調正格；P704～705 馮延巳二首雙調「74477－74577」格，；P1279 一首單調「55775」格，P1280 附本事考辨）			
兵要望江南	720 正格（P186 說明，P438 附考辨）			
望蓬萊（憶江南）				72 皆雙調正格

考：全宋詞檢索頁 54 安陽好下有二誤：一、夢江南不當在安陽好目下；二、夢江南下錄簾不卷頁碼無此詞。

望江南數據更改：題名憶江南 7 首、兵要望江南 720 首、望蓬萊詞 72 首，皆應併入望江南，總得詞 1031 首——憶江南詞律作三體：單調、雙調、馮延巳體；下注「二十七字，又名夢江南、謝秋娘、夢江口、望江南、春去也」，目錄注「二十七字，又名夢江南、望江南、望江梅、江南好、夢江口、歸塞北、春去也、謝秋娘，按夢窗水調歌頭亦名江南好，與此無涉」。據上表及實際格律情況，憶江南、兵要望江南皆可併入望江南。故望江南數目由 232 增至 1031 首。

（十四）長相思異名考及存詞數據修正（長思仙）

據表 7 有——

表 1－6　與「長相思」名稱相關的詞牌統計

相關詞調	唐詞存量	宋詞存量	宋詞異名	金元詞存量
長相思	11（3 首「5555－7665」格；5 首「3375－3375」汴水流格；P971 一首 P992 二首皆五絕格；	118（除 6 首各不同格外，餘皆汴水流格）	山漸青 1、吳山青 2、越山青 1、長相思令 7	3（皆汴水流格）
長相思慢		2 皆「446－446－454－534—546－534－434－346」格	望揚州 1	
長思仙（長相思）				60（皆汴水流格）

考 1：全金元詞題名長思仙 60 首，應併入長相思調——理由一，60 首皆汴水流格；理由二，頁 500 錄王丹桂題名長思仙詞，本詞下注「本名長相思，贈平山劉志常、神山劉志本」。

考 2：全宋詞題名長相思慢 2 首，可以考慮併入長相思調——理由，全宋詞錄長相思各不同格 6 首，其中一首 1 冊頁 457 秦觀——鐵甕城高，與 5 冊頁 3157 題名長相思慢詞格全同，全宋詞作賀鑄——望揚州，與另一首同時錄入長相思慢中。長相思慢二首與其他 5 首題名長相思詞格式大致相同，全宋詞將其他 5 首均歸入長相思，則此二首亦應歸併。詞律長相思下錄楊無咎・急雨回風，其格式與長相思慢秦詞全同，則秦詞亦當併入。全宋詞錄長相思各不同格 6 首推測當爲長相思慢——充分說明詞牌句型不穩定：

1 冊頁 33 柳永——（京妓）畫鼓喧街「446－644—544－34—564－444－434－346」

1 冊頁 457 秦觀・鐵甕城高「446－446－454－534—546－534－434－346」(與長相思慢同)

2 冊頁 620 周邦彥（高調）——夜色澄明「446－464－454－434－564－444－434－544」

2 冊頁 1042 長相思令——譚意哥——舊燕歸巢「446－464－436－46－3444－444－434－346」

3 冊頁 1499 袁去華——葉舞殷紅「446－446－454－534－3444－534－434－346」

5 冊頁 3773 無名氏——瀟灑江梅春早處「7745－7745」

全宋詞錄長相思慢二首：

1 冊頁 526 賀鑄・望揚州（即上列秦觀——鐵甕城高）

5 冊頁 3157 日折霜（草字頭——詹）

詞律長相思下錄楊無咎——急雨回風「446－446－454－534－546－534－434－346」作另一體。

長相思存詞數據修正：全金元詞題名長思仙 60 首，全宋詞題名長相思慢 2 首，計 62 首併入長相思調得詞 194 首。

（十五）摸魚兒異名考及存詞數據修正（摸魚子）

據表 7 有：

表 1－7　與「摸魚兒」名稱相關的詞牌統計

相關詞調	唐詞存量	宋詞存量	宋詞異名	金元詞存量
摸魚子（律 19 摸魚兒）				58
摸魚兒		140	山鬼謠 1、安慶摸 1、摸魚子 9、買陂塘 5	36
買陂塘（摸魚兒）				1（索引 4）

摸魚兒數據更改：摸魚兒摸魚子同調，摸魚兒 58 首、摸魚子 176 首、全金元詞買陂塘 1 首應合併入摸魚兒詞牌，共得詞 235 首。

（十六）踏莎行異名考及存詞數據修正（踏雲行、踏雪行、踏莎行慢）

據表 7 有：

表 1－8　與「踏莎行」名稱相關的詞牌統計

相關詞調	唐詞存量	宋詞存量	宋詞異名	金元詞存量
踏雪行（譜 13 踏莎行）				1（曉古通今、無名氏下 / 1293）
踏莎行		229（正格「44777－重」；五冊 P3822 載無名氏《踏莎行——和趙制機賦梅・瘦影横斜》倒數句爲」王令人夢裏說相思，被誰驚破霜天曉」爲典型襯字。）	度新聲 1、平陽興 1、江南曲 1、瀟瀟雨 1、芳洲泊 1 芳心苦 1、柳長春 1、轉調踏莎行 2、思牛女 1、暈眉山 1、題醉袖 1、陽羨歌 1、惜餘春 1	87
踏莎行慢		1		
踏陽春	1			
踏雲行（典 1101 踏莎行）				64（其他皆正格無異，唯馬鈺 32 首中有一首 P311 下注「又——贈薛公・藏頭」，爲藏頭「33－666 / 重」格

考 1：全宋詞載踏莎行異名考——1 冊頁 506 錄賀鑄「惜餘春——踏莎行七首」，以下依次錄入題醉袖、陽羨歌、芳心苦、平陽興、暈眉山、思牛女，則推斷此七名皆異名。1 冊頁 532 錄賀鑄「江南春——踏莎行」，以下依次錄入「二——瀟瀟雨」「三——度新聲」，格亦合，知此三者皆異名。3 冊頁 1820 錄趙長卿「柳長春——上董倅」一首，格合，全宋詞歸入踏莎行調下。轉調踏莎行，全宋詞收 2 首，一首 3 冊頁 1458 趙彥端「轉調踏莎行路宜人生日」，「44－53－45—53／重」格，一首 3 冊頁 2104 陳亮「轉調踏莎行上巳道中作」，「44－53－44－44／44－54－44－44」格，兩者略有差微，可看出塡詞句型不穩定，但與踏莎行正格大異，不知爲何併入。

考 2：踏雪行當併入踏莎行調——踏雪行，僅全金元詞下冊頁 1293 錄無名氏「曉古通今」一首，錄者注「此下原有柳梢青依稀曉星明滅一首未注名氏，案此首見投轄錄詞，乃宋人依託詞」。索引錄詞譜歸入踏莎行調下。同意。

考 3：踏雲行當併入踏莎行調——全金元詞錄 64 首，其他皆正格無異，唯馬鈺 32 首中有一首爲藏頭「33－666／重」格（頁 311 下注「又——贈薛公・藏頭」）。索引錄詞譜全歸入踏莎行調下。同意。

考 4：踏莎行慢非踏莎行——踏莎行慢僅有全宋詞頁 156 錄歐陽修一首「獨自上孤舟」，格爲「55－44－5－33／444－733－333－37」，與踏莎行格全無干。

考 5：踏陽春與踏莎行無關——全唐五代詞頁 1088 錄存疑踏陽春詞，作「3777 格」（全唐詩作「33777」格），附本事與考辯，隻字未提與踏莎行相關。

踏莎行及存詞數據修正：全金元詞踏雪行 1 首踏雲行 64 首，計 65 首，當併入踏莎行調，總得詞 381 首。

（十七）南歌子異名考及存詞數據修正（南柯子）

據表 7 有：

表 1－9　與「南歌子」名稱相關的詞牌統計

相關詞調	唐詞存量	宋詞存量	宋詞異名	金元詞存量
南歌子	27	261	望秦川 3、醉厭厭 1、宴齊雲 1、南柯子 52、鳳蝶令 1	14（索引 4）
南柯子（南歌子）				44（索引 4）
悟南柯（典 767 南歌子）				12（見索引 2：除頁 265 王喆一首爲「55773－55745」格外，其他皆爲「55745－重」格

考 1：全唐五代詞南歌子存錄情況——頁 133 錄 3 首南歌子「不是廚中串」「不信長相憶」竿蠟爲紅燭」係五言律絕——考辯稱「以上三首與花間集所載南歌子單調長短句體、宋人雙調長短句體不同。然《雲溪友議》明謂是南歌子詞，故入正編」。頁 115～116 錄 5 首南歌子爲「55553」格。頁 456 錄 1 首、頁 525～526 錄 3 首南歌子爲「55763」格。頁 589 錄 2 首爲「55763－重」格。頁 641～642 錄 2 首爲「55763－5545」格。頁 903～904 錄 2 首爲「55765－重」格，後一首缺下片。頁 923～927 錄 6 首皆不同格，附注說明爲敦煌曲子詞，第一首爲「55765－55735」格，第二首爲「55765－55773」格，第三首爲「55745－55763」格，第四首爲「55765－55763」格，第五首爲「55766－55765」格，第六首爲「55765－55766」格。

考 2：全金元詞（索引 4）南歌子（律 1、譜 1、拾 27、成 1、典 767）存錄情況——有 4 格 12 首，分別爲：我愛折陽好 /28「55763」格（原作十愛詞，無調名，據詞律補）；榴破狸肌血 /40「55745－5579」格；澗草萋萋綠 /56「55763－重」格；暖日供晴書 /129「55745－

重」格；人日過三日 /132 同上格（原誤作南鄉子、據詞律改）；洞鎖猿馴靜　王吉昌　上 /562 同上格；固蕎恢機柄　王吉昌　上 /562 同上格；絕念驅罡醜　王吉昌　上 /562 同上格；燭點心光吐　王吉昌　上 /562 同上格；難腋諸塵淨　王吉昌　上 /562 同上格；極品輕肥貴　王吉昌　上 /563 同上格；大藥西南採　王吉昌　上 /563 同上格；氣射秋光冷　王吉昌　上 /563 同上格；劃蔓懸秋露　梁寅　下 /1078 同上格。

考 3：全金元詞（索引 4）南柯子存錄情況——總 44 首分列 2 格，分別爲：頁 100 元好問 3 首「55763－重」格；頁 176 王喆 2 首、馬鈺 12 首、譚處端 2 首、郝大通 1 首、侯善淵 14 首、劉志淵 4 首、袁易 4 首、朱晞顏 1 首、邵亨貞 1 首爲「55745－重」格（其中袁易頁 845 頁 842 兩處末句「9 字格」）。

南歌子存詞數據修正：全金元詞收悟南柯 12 首南柯子 44 首均爲「55745－重」格應併入南歌子詞牌。共得詞 358 首。

（十八）卜算子異名考及存詞數據修正（黃鶴洞中仙）

據表 7 有：

表 1－10　與「卜算子」名稱相關的詞牌統計

相關詞調	唐詞存量	宋詞存量	宋詞異名	金元詞存量
卜算子	1	243	卜操作數令 1、眉峰碧 1	40
卜算子慢	1	3		
黃鶴洞中仙（典 57 卜操作數）				38
缺月掛疏桐（卜操作數）				1（譜 5 卜算子、典 57 卜算子）索引 2

考索引 2：黃鶴洞中仙（典 57 卜算子）一般爲正格。頁 260～261 錄王喆 3 首正格，後面錄又 6 首，第一首下注「前後各喝馬一聲」，其中 5 首爲「55735－重」格（較正格多一三字喝馬），另 1 首下注「又——藏頭」，爲每句少一字的「44624」藏頭格。頁 261 錄王喆另一首格全不同，爲「44354－5366」格，下注「藏頭」，不知何故。頁 291 馬鈺 4 首其中三首爲「55755－重」格，一首爲正格。頁 297 錄馬鈺「前後各喝馬一聲」5 首，爲「55735－重」格，接著錄「又——藏頭」1 首，後面間隔錄一首格全不同，爲「44354－5366」格，下注「繼重陽韻——藏頭」（與王喆情況雷同）。

卜算子存詞數據修正：全金元詞錄黃鶴洞中仙 38 首、缺月掛疏桐 1 首應併入卜算子詞牌，共得詞 323 首。

（十九）南鄉子異名考及存詞數據修正（好離鄉、仙鄉子）

據表 7 有：

表 1－11　與「南鄉子」名稱相關的詞牌統計

相關詞調	唐詞存量	宋詞存量	宋詞異名	金元詞存量
南鄉子	39	265		126
好離鄉（典 774 南鄉子）				6
仙鄉子（南鄉子）				7
莫思鄉（典 744 南鄉子）				2（索引 4）

考：好離鄉（典 774 南鄉子）據索引 2 有 6 首，分別爲：濁坐向南漢　丘庭機　上／473；齪草貓轡詮　丘庭機　上／473（景金本注云：二首本名南鄉子）；人本是神仙（本名南鄉子）　王丹桂　上／489；坐久欲朧晴　王丹桂　上／490；聯與話行藏　王丹桂　上／490；一個好明師　王丹桂　上／490。全金元詞好離鄉下均有原注標爲本名南鄉子，格亦同於南鄉子「57727－重」格，應併入。全金元詞錄仙鄉子 7 首（頁 535 有 4 首）、莫思鄉 2 首格同於南鄉子正格，亦應併入。

南鄉子存詞數據修正：全金元詞好離鄉 6 首、仙鄉子 7 首、莫思鄉 2 首應併入南鄉子詞牌，總得詞 445 首。

（二十）賀新郎異名考及存詞數據修正（金縷曲、金縷詞、金縷衣、金縷歌）

據表 7 有：

表 1－12　與「賀新郎」名稱相關的詞牌統計

相關詞調	唐詞存量	宋詞存量	宋詞異名	金元詞存量
賀新郎		439	乳燕飛 15、貂裘換酒 1、賀新涼 26、金縷衣 1、金縷詞 2、金縷歌 2、金縷曲 31	
賀新郎				28
賀新涼（賀新郎）				1
金縷歌（譜 36 典 406 賀新郎）				2
金縷曲（律 20 譜 36 典 406 賀新郎）	1			9
金縷詞（譜 36 典 406 賀新郎）				2
金縷衣（典 406 賀新郎）				1

考 1：金縷曲（律 20 賀新郎、譜 36 賀新郎、典 406 賀新郎） 索引 2 存 9 首，分別爲：樂府寧無路 張之翰 下 /719；同首茅山路 張之翰 下 /719；走遍江南路 張之翰 下 /719；未過松江去 張之翰 下 /719；此博誰名汝 張之翰 下 /719；風雨驚春暮 張之翰 下 /719；乍到蓉城路 陸文圭 下 /826；卜宅椒園裏 謝應芳 下 /1063；南浦蹄帆暮 梁寅 下 /1083。皆爲賀新郎格。

考 2：金縷詞（譜 36 賀新郎、典 406 賀新郎） 索引 2 存 2 首，分別爲：西子湖邊路 張翥 下 / 1001；煙草長洲苑 張翥 下 / 1001。皆賀新郎格。

賀新郎存詞數據更改：全金元詞收金縷曲 9、金縷詞 2、金縷衣 1、金縷歌 2、賀新涼 1、賀新郎 28 首，均應併入 116 字賀新郎詞牌。總得詞 482 首。

（二一）感皇恩、蘇幕遮、小重山異名辯及存詞數據修正

據表 7 有：

表 1－13 與「感皇恩、蘇幕遮、小重山」名稱相關的詞牌統計

相關詞調	唐詞存量	宋詞存量	宋詞異名	金元詞存量
感皇恩（典 359－209 泛青苕，1084 蘇幕遮 1278 小重山）	5	111	泛情苕 1、人南渡 1	63
小重山	6	117	群玉軒 1、璧月堂 1、小重山令 2、小沖山 2	24
玉京山（典 1278 小重山）				2
蘇幕遮		28		105
雲霧斂（典 1084 蘇幕遮）				3（索引 1 云：霧斂（典 1084 蘇幕遮））

考 1：小重山，詞律卷八列 1 體，58 字格「7－53－7－35 / 5－53－7－35」，舉蔣捷「晴浦溶溶明斷霞」爲例，並將結句 6 字格均視爲偶然。「按語」斷張先感皇恩調爲又一體 60 字格「7－53－7－36

／5－53－7－36」，較前者上下片結句各多一字。全金元詞收玉京山 2 首（失笑迷陰化不來　王喆　上／264；慷慨男見跳出來　馬鈺　上／300），與小重山正格同，索引 1 歸入（典 1278 小重山）合理。

考 2：感皇恩，詞律卷九例 4 體。分別爲：張先「廊廟當時共代工」60 字體「7－53－7－36／5－53－7－36」格，趙長卿「碧水侵芙蓉」65 字體「54－7－46－7／44－7－46－7」格，周邦彥「小閣依晴空」67 字調「54－7－46－53／44－7－46－53」格，周紫芝「無事小神仙」68 字體「54－7－46－53／45－7－46－53」格，周詞下注「與片閒田地五字，然各家俱用前 67 字體」。全宋詞收錄 111 首感皇恩（見索引頁 375～377），除張先三首以 7 字句開端外，餘都爲 5 字句開端。張先 3 首情況如下：全宋詞頁 59，「萬乘靴袍御紫宸」，「7－53－7－35／5－53－7－35」58 字格，下注「調名原作小重山，茲從其底本知不足齋叢書本張子野詞作感皇恩」；全宋詞頁 61，「廊廟當時共代工」，「7－53－7－333／5－53－7－333」60 字格，下注「案此首調名原從黃校作小重山，今改正」；全宋詞頁 76，「延壽芸香七世孫」，「7－53－7－333／5－53－7－333」同上格。顯然，張先此三首格與小重山多同而與感皇恩多異，詞律與全宋詞皆斷爲感皇恩恐爲張先詞文獻所誤，不妥，詞律案語斷爲小重山又一體，似較合適。由此可定小重山正格 58 字格「7－53－7－35／5－53－7－35」，感皇恩正格 67 字調「54－7－46－53／44－7－46－53」，蘇幕遮正格 62 字格「33－45－7－45／重」。

考 3：蘇幕遮，詞律卷 9 僅列周邦彥一格，「33－45－7－45／重」62 字格。全金元詞頁 408～409 收雲霧斂 3 首（匿光輝　諦庭端　上／408；仿修持　潭塵端　上／408；告行人　諦庭端　上／409），皆「33－45－7－45／重」62 字格，與詞律蘇幕遮句型同，索引 1 歸入（典 1084 蘇幕遮）爲合理。

感皇恩存詞數據更改：剔除張先三首題名感皇恩詞，共得詞 176 首。

小重山存詞數據更改：全金元詞題名玉京山 2 首、全宋詞張先三首題名感皇恩併入小重山，共得詞 152 首。

蘇幕遮存詞數據更改:併入全金元詞頁 408－409 收雲霧斂 3 首，共得詞 136 首。

（二二）烏夜啼異名考及存詞數據修正

（相見歡、錦堂春、錦棠春）

《詞調名辭典》頁 400:「相見歡　又名：上小樓、上西樓、月上瓜州、古烏夜啼、西樓、西樓子、秋夜月、烏夜啼、憶眞妃、憶眞娘」

據表 7 有：

表 1－14　與「烏夜啼」名稱相關的詞牌統計

相關詞調	唐詞存量	宋詞存量	宋詞異名	金元詞存量
烏夜啼（相見歡）	4	56	聖無憂 3	9
相見歡	3	21	西樓子 2、上西樓 1、月上瓜州 1、憶眞妃 1	1
錦堂春（又名相見歡）		11		
錦堂春（烏夜啼）				6
錦棠春				1

烏夜啼存詞數據更改：全唐宋金元題名相見歡 25 首、全宋詞錦堂春 11 首、全金元詞錦堂春 6 首錦棠春 1 首併入烏夜啼詞牌，共得詞 112 首。

（二三）點絳唇異名考及存詞數據修正

（樂府烏衣怨、萬年春）

《詞調名辭典》頁 943「點絳唇　又名：一痕沙、十八香、沙頭雨、南浦月、尋瑤草、萬年春、點櫻桃」

據表 7 有：

表 1－15　與「點絳唇」名稱相關的詞牌統計

相關詞調	唐詞存量	宋詞存量	宋詞異名	金元詞存量
點絳唇	1	393	沙頭雨 1、南浦月 1	108
萬年春（典 175 點絳唇）				29（索引 4）
樂府烏衣怨（典 173 點絳唇）				2（索引 1：香冷雲兜　元好問　上 / 115；繡佛長齊　元好間 上 / 116）

點絳唇存詞數據更改：全金元詞萬年春 29 首樂府烏衣怨 2 首應併入點絳唇詞牌，共得詞 533 首。

（二四）浪淘沙異名辯及存詞數據修正

（浪淘沙令）《詞調名辭典》P506 錄調名混亂。

表 1－16　與「浪淘沙」名稱相關的詞牌統計

相關詞調	唐詞存量	宋詞存量	宋詞異名	金元詞存量
浪濤沙	2			
浪淘沙	19	177		
浪淘沙（律 1、譜 1・10 浪淘沙令、拾 2・7、成 1、典 592・594 浪淘沙令）				44（索引 5）
浪淘沙慢		3		
浪淘沙令		9	過龍門 3	
浪淘沙近		1		
賣花聲（律 1 浪淘沙・10 謝池春、譜 10 浪淘沙令・15 謝池春、成 1 浪淘沙、典 594 浪淘沙令・1288 謝池春）		8		4（索引 5）

浪淘沙存詞數據更改：上表中，除浪淘沙令、浪淘沙慢之外，均須併入浪淘沙，得詞 263 首。

（二五）雨中花（夜行船）異名考及存詞數據修正

表 1－17　與「雨中花」名稱相關的詞牌統計

相關詞調	唐詞存量	宋詞存量	宋詞異名	金元詞存量
雨中花（雨中花慢、雨中花令、夜行船）	1	31（索引 P1022）		8
雨中花令		13	問歌顰 1	
夜行船（律 7 雨中花，成 55 雨中花令）		46	夜厭厭 1、明月棹孤舟 2	6
雨中花慢		14		1

雨中花存詞數據更改：《詞調名辭典》頁 318 錄雨中花、雨中花令，頁 356 錄夜行船，體格混亂。詞律頁 180 將夜行船併入雨中花，但亦略存疑。今從詞律，將兩者相併，得雨中花共 105 首。

（二六）憶秦娥異名考及存詞數據修正

據表 7 有：

表 1－18　與「憶秦娥」名稱相關的詞牌統計

相關詞調	唐詞存量	宋詞存量	宋詞異名	金元詞存量
憶秦娥	2	138	碧雲深 1、子夜歌 1、雙荷葉 1、秦樓月 40	18
蓬萊閣（譜 5 憶秦餓、典 1402 憶秦娥）				26（索引 5）
秦樓月（憶秦娥）				17
華溪仄（典 1402 憶秦娥）				1

憶秦娥存詞數據更改：更改爲總計 202。

（二七）蝶戀花（鳳棲梧）異名考及存詞數據修正

據表 7 有：

表 1－19　與「蝶戀花」名稱相關的詞牌統計

相關詞調	唐詞存量	宋詞存量	宋詞異名	金元詞存量
鳳棲梧（律 9 蝶懸花、譜 13 蝶懸花、典 176 蝶懸花）				38（索引 5）
蝶戀花	1	501	望長安 1、一籮金 2、西笑吟 1、魚水同歡 1、江如鍊 1、桃源行 1、花舞（半首蝶戀花）11、黃金縷 1、鵲踏枝 9、轉調蝶戀花 2、卷珠簾 3、鳳棲梧（亦作棲）49	72

蝶戀花存詞數據更改：據詞律將全金元詞鳳棲梧 38 首併入蝶戀花詞牌，共得詞 612 首。

（二八）如夢令（無夢令）異名考及存詞數據修正

據表 7 有：

表 1－20　與「如夢令」名稱相關的詞牌統計

相關詞調	唐詞存量	宋詞存量	宋詞異名	金元詞存量
如夢令		184	不見 2、比梅 1、古記 3、如意令 2、憶仙姿 15	74
無夢令（譜 2 如夢令、成 2、典 916 如夢令）				68（索引 5）

如夢令存詞數據修正：全金元詞無夢令 68 併入如夢令詞牌，總得詞 326 首。

（二九）更漏子（無漏子）異名考及存詞數據修正

表 1－21　與「更漏子」名稱相關的詞牌統計

相關詞調	唐詞存量	宋詞存量	宋詞異名	金元詞存量
更漏子	27	62	付金釵 1、翻翠袖 1、獨倚樓 1	
無漏子（典 325 更漏子）				3（索引 5）

更漏子存詞數據修正：全金元詞無漏子 3 首併入更漏子詞牌，總得詞 92 首。

（三十）生查子（遇仙磋）異名考及存詞數據修正

表 1－22　與「生查子」名稱相關的詞牌統計

相關詞調	唐詞存量	宋詞存量	宋詞異名	金元詞存量
生查子	19	183	綠羅裙 1、愁風月 1、陌上郎 1	5
遇仙槎（典 992 生查子）				6（索引 2）

生查子存詞數據修正：全金元詞遇仙槎 6 首併入生查子詞牌，共得詞 213 首。

（三一）江城子異名考及存詞數據修正（江城梅花引、江神子令、江神子）

表 1－23　與「江城子」名稱相關的詞牌統計

相關詞調	唐詞存量	宋詞存量	宋詞異名	金元詞存量
江城梅花引		19	西湖明月引 2、江梅引 5、攤破江城子 1、明月引 3	3
江城子	14	193	江神子 75	78
江城子慢		2	江神子慢 1	

江神子（江城子）	1			14
江神子慢（江城子慢）				6（索引 2）
江神子令（典 501 江城子）				8（索引 2）
江月晃重山				8

江城子存詞數據修正：江城梅花引 22 首、江神子 15 首、江神子令 8 首併入江城子調，共得詞 330 首。

（三二）瑞鷓鴣異名考及存詞數據修正

表 1－24　與「瑞鷓鴣」名稱相關的詞牌統計

相關詞調	唐詞存量	宋詞存量	宋詞異名	金元詞存量
瑞鷓鴣		64	鷓鴣詞 1、吹柳絮 1、舞春風 1	56
瑞鷓鴣慢		2		
報師恩（典 936 瑞鷓鴣）				11（索引 5）
得道陽（典 936 瑞鷓鴣）				14（索引 4）
十報恩（典 936 瑞鷓鴣）				21（索引 2）

瑞鷓鴣存詞數據修正：瑞鷓鴣慢 2 首、報師恩 11 首、得道陽 14 首、十報恩 21 首均併入瑞鷓鴣，共得詞 168 首。

（三三）阮郎歸（道成皇）異名考及存詞數據修正

表 1－25　與「阮郎歸」名稱相關的詞牌統計

相關詞調	唐詞存量	宋詞存量	宋詞異名	金元詞存量
阮郎歸	1	179	醉桃園 37、碧桃春 1、月宮春、月中行 1	21
道成歸（典 922 阮郎歸）				2（索引 4）

阮郎歸存詞數據修正：道成歸 2 首併入阮郎歸，共得詞 203 首。

（三四）楊柳枝（添聲楊柳枝）異名考及存詞數據修正

表 1－26　與「楊柳枝」名稱相關的詞牌統計

相關詞調	唐詞存量	宋詞存量	宋詞異名	金元詞存量
楊柳枝（律 1、譜 1·3 添聲楊柳枝、成 1、典 1129 添聲楊柳枝·1342）	112	15	柳枝 2	17 （索引 5）
楊柳枝壽杯詞	18			
楊柳枝詞	5			

楊柳枝存詞數據修正：楊柳枝壽杯詞 18 首、楊柳枝詞 5 首併入楊柳枝，共得詞 167 首。

（三五）唐多令異名考及存詞數據修正

表 1－27　與「唐多令」名稱相關的詞牌統計

相關詞調	唐詞存量	宋詞存量	宋詞異名	金元詞存量
唐多令				10
糖多令（也作唐）（律 9 典 1112 唐多令）		50	南樓令 13	7

唐多令存詞數據修正：唐多令 1 首併入糖多令，共得詞 67 首。

（三六）十二時辯

題名「十二時」詞計四類。一類見《全唐五代詞》副編，272 首，「33777－7777」格；其他 36 首均見《全宋詞》（索引頁 284），其中一類爲三字起首，居多；一類 6 首爲七字起首，較少；一類 7 首又名憶少年；還有四字起首 1 首（《全宋詞》另錄有十二時慢詞 1 首）。另，《康熙詞譜》卷一錄題名「十二時慢」詞，下注「宋鼓吹四曲之一。《花草粹編》無『慢』字」；《康熙詞譜》卷一錄憶少年詞牌，注因朱敦儒又名《十二時》。綜上所述，《十二時》當以唐五代詞爲正格。格式如下：「（禪門十二時）夜半子，夜半子。眾生重重縈俗事。不能禪頂定自觀心，何日得悟眞如理。豪強富貴暫時間，究竟終歸不免死。非論我輩是凡塵，自古君王亦如此。」（《全宋詞》頁1105）

三、常用百調

據上述異名合併數據，修正《唐宋金元詞排名》，得《常用百調》（見附錄）。

第四節　一調多體現象考及常用百體釐定

常用百調多存在「一調多體」現象，一調多體現象是詞體的普遍現象，爲得到研究樣本之「常用百體」，本文擬定「常用百調，一調一體」的選擇原則。

一、「一調多體」現象考

本部份簡要考察「一調多體」現象之普遍性、微觀文本表現及產生原因。

（一）「一調多體」現象之普遍性

爲瞭解「一調多體」現象存在狀況，我們做了以下三個統計：

1.《詞譜》一調多體率統計（表1－27）

2.《詞譜》一調多體詞調統計（表1－28）

3. 三大詞譜中「常用百調」一調多體數量對照（表1－29）

表1－28　《詞譜》一調多體率統計

卷　數	調　數	只存一體的調數
1.	42	22
2.	27	9
3.	17	4
4.	19	4
5.	23	12
6.	21	10

7.	35	15
8.	25	14
9.	26	12
10.	36	18
11.	12	5
12.	23	12
13.	36	15
14.	25	15
15.	14	5
16.	25	7
17.	21	9
18.	19	10
19.	19	8
20.	8	3
21.	26	12
22.	19	14
23.	22	10
24.	22	15
25.	25	13
26.	26	14
27.	21	11
28.	22	12
29.	22	11
30.	12	2
31.	15	1
32.	21	9
33.	25	12
34.	23	11
35.	22	7
36.	25	9
37.	10	3
38.	8	3
39.	6	3
40.	9	7
總	854	388（45.4%）
一調多體比例		54.6%

表 1－29 《詞譜》一調多體詞調統計

洞仙歌（40）	40
河傳（27）	27
酒泉子（22）	22
喜遷鶯（17）	17
選冠子（16）、瑞鶴仙（16）	16
少年遊（15）	15
滿江紅（14）	14
雨中花慢（13）、青玉案（13）	13
雨中花令（12）、品　令（12）	12
臨江仙（11）、夜行船（11）、最高樓（11）、萬年歡（11）、賀聖朝（11）、賀新郎（11）、促拍滿路花（11）	11
荔枝香（10）、漢宮春（10）、晏清都（10）	10
霜天曉角（9）、南鄉子（9）、風流子（9）、摸魚兒（9）、多麗（9）、六州歌頭（9）、二郎神（9）、花心動（9）	9
寶鼎現（8）、春光好（8）、一落索（8）、更漏子（8）、行香子（8）、江城梅花引（8）、祝英臺近（8）、絳都春（8）、齊天樂（8）、水調歌頭（8）	8
玉蝴蝶（7）、女冠子（7）、虞美人（7）、鵲橋仙（7）、迎春樂（7）、望遠行（7）、南歌子（7）、感皇恩（7）、玉漏遲（7）、滿庭芳（7）、八聲甘州（7）、永遇樂（7）、霜葉飛（7）、西平樂（7）、沁園春（7）	7
還京樂（6）、西河（6）、石州慢（6）、鳳凰臺上憶吹簫（6）、兩同心（6）、解蹀躞（6）、御街行（6）、安公子（6）、八六子（6）、法曲獻仙音（6）、漁歌子（6）、浪淘沙令（6）、如夢令（6）、瑞鷓鴣（6）	6

表 1－30　三大詞譜中「常用百調」一調多體數量對照

	詞調名	詞律	詞譜	詞繫	含詞總量
1.	浣溪沙	2 體，拾遺 1	5	4	1091
2.	望江南	憶江南 3，江南好拾遺 1	憶江南 3	3	1031
3.	鷓鴣天	1	1	1	1025
4.	水調歌頭	1 拾遺 1	8	3	948
5.	念奴嬌	3	12	6	794

6.	菩薩蠻	1	3	6	769
7.	西江月	3 拾遺 2	5	6	758
8.	滿江紅	6 拾遺 3	14	12	721
9.	臨江仙	14 拾遺 2	11	15	704
10.	滿庭芳	3 拾遺 1	7	8	681
11.	沁園春	2 拾遺 3	7	10	635
12.	蝶戀花	2	3	2	612
13.	減字木蘭花	1	1	4	584
14.	點絳唇	1	3	1	533
15.	清平樂	1 拾遺 2	3	7	513
16.	賀新郎	2 拾遺 3	11	賀新涼 8	492
17.	南鄉子	4 拾遺 4	9	7	445
18.	玉樓春	木蘭花 5 玉樓春拾遺 3	4（另木蘭花令 3 體）	6	400
19.	踏莎行	1	3	1	381
20.	漁家傲	2	4	5	378
21.	虞美人	2 拾遺 4	7	11	366
22.	南歌子	4 拾遺 2	7	6	358
23.	木蘭花慢	2 拾遺 2	12	8	350
24.	江城子	5 拾遺 1	5	7	330
25.	如夢令	2	6	2	326
26.	卜算子	7	7	7	323
27.	好事近	1 拾遺 1	2	2	318
28.	水龍吟	3 拾遺 4	25	24	316
29.	朝中措	2 拾遺 1	4	4	308
30.	十二時	1 拾遺 1	憶少年 2 十二時慢 4	2P508；1P702	308
31.	謁金門	1	4	3	292
32.	浪淘沙	3 體，浪淘沙令 1 體；浪淘沙慢 2 體；拾 2 遺	浪淘沙 1 浪淘沙令 2	6	263
33.	鵲橋仙	2 拾遺 3	7	5；1P489	255

34.	驀山溪	2 拾遺 6	13	8	241
35.	摸魚兒	2 拾遺 1	9	摸魚子 15	235
36.	柳梢青	2 拾遺 3	8	6	218
37.	生查子	4	5	5	213
38.	採桑子	醜奴兒 1	3	2	210
39.	訴衷情	7 體，有訴衷情近	5	8	205
40.	阮郎歸	1	2	1	203
41.	憶秦娥	6	11	8	202
42.	洞仙歌	10 拾遺 5	40	24	198
43.	長相思	4	5	4	194
44.	感皇恩	4 拾遺 3	7	2；7P581	176
45.	青玉案	7 拾遺 1	13	10	171
46.	漁父	漁歌子 2	6		170
47.	瑞鷓鴣	3 拾遺 1	6	3；2P435	168
48.	楊柳枝	3	3	1P14；1P22	167
49.	小重山	2 拾遺 1	4	3	152
50.	八聲甘州	3 拾遺 1	7	10	149
51.	醉落魄	4	一斛珠 3	醉落魄 8、2；一斛珠 5	147
52.	齊天樂	2 拾遺 1	8	9	146
53.	瑞鶴仙	4 拾遺 1	16	13P859；1	143
54.	喜遷鶯	7 拾遺 1	17	8；13P516	141
55.	蘇幕遮	1	1	1	136
56.	太常引	2	2	3	134
57.	行香子	6 拾遺 1	8	8	129
58.	定風波	6 拾遺 2	8	4	127
59.	風入松	2 拾遺 1	4	6	119
60.	醉蓬萊	1 拾遺 1	2	5	112
61.	烏夜啼	相見歡 1	3	1；相見歡 3	112
62.	聲聲慢	5 拾遺 2	14	8	109
63.	永遇樂	2 拾遺 1	7	7	109

64.	導引		5	1	104
65.	眼兒媚	1 拾遺 1	3	3	104
66.	霜天曉角	6 拾遺 1	9	10	103
67.	雨中花	6 雨中花令拾遺 1	12	7 雨中花令 1	99
68.	一翦梅	5	7	7	98
69.	巫山一段雲	2 拾遺 1	3	4	97
70.	桃源憶故人	1	2		94
71.	更漏子	5 拾遺 2	8	8；1P804	92
72.	漢宮春	6	10		89
73.	千秋歲	3 拾遺 1	8	6	87
74.	祝英臺近	1 拾遺 3	8	6	87
75.	少年遊	10 拾遺 3	15	13	87
76.	憶王孫	2	憶王孫 3 河傳 27	2；1P73	86
77.	清心鏡	1	紅窗迥 2	紅窗迥 2；2P933	81
78.	五陵春	武陵春 2	3	3	74
79.	五更轉		0		69
80.	酒泉子	20	22	18	68
81.	唐多令		3	1	67
82.	燭影搖紅	1	3	5	65
83.	風流子	2	9	1；8P675	60
84.	最高樓	2	11	6	60
85.	望海潮	2	3	5	57
86.	搗練子	2 拾遺 1	2	3	52
87.	一落索	6 拾遺 3	8	一絡索 8	49
88.	人月圓	3	3	3	47
89.	天仙子	4	5	7	45
90.	蘇武慢	3	選冠子 16	蘇武慢 6；選冠子 4	45
91.	杏花天	3	3	4	44

92.	河傳	17 拾遺 1	27	23	43
93.	花心動	1 拾遺 2	9	7	43
94.	鸚鵡曲	拾遺 1	1	2	43
95.	昭君怨	1	3	5	42
96.	滿路花	5 拾遺 1	促拍滿路花 11	促拍滿路花 6	41
97.	撥棹歌	撥棹子 3 拾遺 1	撥棹子 3	撥棹子 4	39
98.	水鼓子	0	0	0	39
99.	應天長	7	12	3 體 P105；7 體 P477	39
100.	戀繡衾	0	0	0	38
101.	平均	4.3 體／調（共 432 體）	7.3 體／調（共 736 體）	5.4 體／調（共 541 體）	

從三個統計看：（1）《欽定詞譜》54.6%的詞調存在「一調多體」現象；（2）《欽定詞譜》中一調六體以上錄有 69 調；（3）常用百調有 96 調存在一調多體現象，平均每調高達 7 體，比例驚人。由此可見，「一調多體」幾乎可以說是詞牌普遍存在的現象。

（二）「一調多體」現象之微觀文本表現

要全面考察一調多體現象的文本表現要涉及整部詞史，這顯然不是本文能夠完成的。本文在此引詞譜載《念奴嬌》各體爲例來說明「一調多體」現象的基本文本表現。

詞譜載《念奴嬌》12 體，各體句式體系（簡稱句系）和韻式構成分析如下：

念奴嬌　雙調一百字，前後段各十句，四仄韻　蘇軾

憑空眺遠，見長空萬里，雲無留迹。桂魄飛來光射處，冷浸一天秋碧。玉宇瓊樓，乘鸞來去，人在清涼國。江山如畫，望中煙樹歷歷。　我醉拍手狂歌，舉杯邀月，對影成三客。起舞徘徊風露下，今夕不知何夕。便欲乘風，翻然歸去，何用騎鵬翼。水晶宮裏，一聲吹斷橫笛。

句系：454－76－445－46｜645－76－445－46（入韻）

又一體　雙調一百字，前段九句四仄韻，後段十句五仄韻　蘇軾
大江東去句浪淘盡讀千古風流人物韻故壘西邊句人道是讀三國周郎赤壁韻亂石穿空句驚濤拍岸句
捲起千堆雪韻江山如畫句一時多少豪傑韻　遙想公瑾當年句小喬初嫁了句雄姿英發韻羽扇綸
巾句談笑處讀檣櫓灰飛煙滅韻故國神遊句多情應笑我句早生華髮韻人間如寄句一尊還酹江月韻
句系：436－436－445－46｜654－436－454－46（入韻）

又一體　雙調一百字，前後段各十句，四仄韻　姜夔
五湖舊約句問經年底事句長負清景韻暝入西山句漸喚我讀一葉夷猶乘興韻倦網都收句歸禽時度句
月上汀洲冷韻中流客與句畫橈不點清鏡韻　誰解喚起湘靈句煙鬟霧鬢句理哀弦鴻陣韻玉麈清
談句歎坐客讀多少風流名勝韻暗柳蕭蕭句飛螢冉冉句夜久知秋信韻鱸魚應好句舊家樂事誰省韻
句系：454－436－445－46｜645－76－445－46（仄韻）

又一體　雙調一百字，前段十句四仄韻，後段十一句五仄韻　姜夔
鬧紅一舸句記來時句嘗與鴛鴦爲侶韻三十六陂人未到句水佩風裳無數韻翠葉吹涼句玉容消酒句更
灑菰蒲雨韻嫣然搖動句冷香飛上詩句韻　日暮韻青蓋亭亭句情人不見句爭忍淩波去韻只恐舞衣
寒易落句愁入西風南浦韻高柳垂陰句老魚吹浪句留我花間住韻田田多少句幾回沙際歸路韻
句系：436－76－445－46｜2445－76－445－46（仄韻）

又一體　雙調一百字，前段九句五仄韻，後段十句四仄韻　張炎
行行且止韻把乾坤讀收入篷窗深裏韻星散白鷗三四點句數筆橫塘秋意韻岸嘴沖波句籬根受月句

野徑通村市韻疏風迎面句濕衣原是空翠韻　堪歎敲雪門荒句爭棋墅冷句苦竹鳴山鬼韻縱使如
今猶有晉句無復清遊如此韻落日黃沙句遠天雲淡句弄影蘆花外韻幾時歸去句剪取一半煙水韻
句系：436－76－445－46｜645－76－445－46（仄韻）

又一體　雙調一百字，前段十句五仄韻，後段十一句五仄韻　張炎
長流萬里韻與沉沉滄海句平分一水韻孤白爭流蟾不沒句影落潛蛟騰起韻瑩玉懸秋句綠房迎曉句樓
觀光凝洗韻紫簫聲嫋句四簷吹下清氣韻　遙睇韻浪擊空明句古愁休問句消長盈虛理韻風入蘆花
歌忽斷句知有漁舟閒檥韻露已沾衣句漚猶棲草句一片瀟湘意韻人方酣夢句長翁元自如此韻
句系：454－76－445－46｜2445－76－445－46（仄韻）

又一體　雙調一百一字，前後段各十句，四仄韻　張輯
嫩涼生曉韻怪得今朝句湖上秋風無跡韻古寺桂香山色外句腸斷幽叢金碧韻驟雨俄來句蒼煙不見句
苔徑孤吟屐韻系船高柳句晚蟬嘶破愁寂韻　且約攜酒高歌句與鷗相好句分坐漁磯石韻算只藕
花知我意句猶把紅芳留客韻樓閣空蒙句管絃清潤句一水盈盈隔韻不如休去句月懸良夜千尺韻
句系：464－76－445－46｜645－76－445－46（入韻）

又一體　雙調一百二字，前後段各十句，四仄韻　趙長卿
銀蟾光滿句弄餘輝讀冷浸江梅無力韻緩引柔條浮素蕊句橫在閒窗虛壁韻染紙揮毫句粉塗墨暈句不
似今端的韻天然造化句別是一般句清瘦蹤跡韻　今夜翠葆堂深句夢回風定句因月才相識韻先自
離愁句那更被讀曉角殘更催逼韻曙色將分句輕陰移盡句過眼難尋覓

韻江南圖上句畫工應爲描得韻

句系：454－76－445－444｜645－76－445－46（入韻）

又一體　雙調一百字，前後段各十句，四平韻　陳允平

漢江露冷句是誰將瑤瑟句彈向雲中韻一曲清泠聲漸杳句月高人在珠宮韻暈額黃輕句塗腮粉豔句

羅帶織青蔥韻天香吹散句佩環猶自丁東韻　回首杜若汀洲句金鈿玉鏡句何日得相逢韻獨立飄

飄煙浪遠句羅襪羞濺春紅韻渺渺予懷句迢迢良夜句三十六陂風韻九嶷何處句斷雲飛度千峰韻

句系：454－76－445－46｜645－76－445－46（平韻）

又一體　雙調一百字，前後段各十句，四平韻　張元幹

吳淞初冷句記垂虹南望句殘日西沈韻秋入青冥三萬頃句蟾影吞盡湖陰韻玉斧爲誰句冰輪如許句

宮闕想寒深韻人間奇觀句古今豪士悲吟韻　蒼髯丹頰仙翁句淮山風露底句曾賦幽尋韻老去專

城仍好客句時擁歌吹登臨韻坐揖龍江句舉杯相屬句桂子落波心韻一聲猿嘯句醉來虛籟千林韻

句系：454－76－445－46｜654－76－445－46（平韻）

又一體　雙調一百字，前段十句四平韻，後段十句五平韻　葉夢得

故山漸近句念淵明歸意句蕭然誰論韻歸去來兮句秋已老讀松菊三徑猶存韻稚子歡迎句飄飄風袂句

依約舊衡門韻琴書蕭散句更欣有酒盈尊韻　惆悵萍梗無根韻天涯行已遍句空負田園韻去矣何

之句窗户小讀容膝聊倚南軒韻倦鳥知還句晚雲遙映句山氣欲黃昏韻此中眞意句故應欲辨忘言韻

句系：454－436－445－46｜654－436－445－46（平韻）

又一體　雙調一百字，前段九句五平韻，後段十句六平韻　曹勳
半陰未雨句洞房深讀門掩清潤芳晨韻古鼎金爐句煙細細讀飛起一縷輕雲韻羅綺嬌春韻爭攏翠袖句
笑語惹蘭芬韻歌筵初罷句最宜斗帳黃昏韻　樓上念遠佳人韻心隨沈水句學蘭炧俱焚韻事與人
非句爭似此讀些子香氣常存韻記得臨分韻羅巾餘贈句盡日把濃薰韻一回開看句一迴腸斷重聞韻
句系：436－76－**4**45－46｜**6**45－436－**4**45－46（平韻）

將各體「句系」集中對比：

1. 蘇軾詞　句系：454－76－445－46｜645－76－445－46（入韻）
2. 蘇軾詞　句系：436－436－445－46｜654－436－454－46（入韻）
3. 姜夔詞　句系：454－436－445－46｜645－76－445－46（仄韻）
4. 姜夔詞　句系：436－76－445－46｜2445－76－445－46（仄韻）
5. 張炎詞　句系：436－76－445－46｜645－76－445－46（仄韻）
6. 張炎詞　句系：454－76－445－46｜2445－76－445－46（仄韻）
7. 張輯詞　句系：464－76－445－46｜645－76－445－46（入韻）
8. 趙長卿詞句系：454－76－445－444｜645－76－445－46（入韻）
9. 陳允平詞句系：454－76－445－46｜645－76－445－46（平韻）
10. 張元幹詞句系：454－76－445－46｜654－76－445－46（平韻）
11. 葉夢得詞句系：454－436－445－46｜654－436－445－46（平韻）
12. 曹勳詞　句系：436－76－445－46｜645－436－445－46（平韻）

（說明：連接號表示此處押韻；加點處表示此處有「小韻」）

從句系對比可以看出，一調多體在微觀上主要表現爲以下幾個方面。

1、不同言——句式差異

在保證句系大致穩定的基礎上，在相似的位置，不同作家可能選用不同句式。如上述 12 體，除 1.9.句系相同外，其他在局部都有不

同程度的句式變異。這又包括幾種情況，一種是組合內部小句增減字數，如 7.中第二小句在一般使用四字句的基礎上增加一字使用了五字句；一種是句型與句式之間的相互替用，如 8.中上片末句用 44 型組合替代了一般情況下使用的六言句，再如 2.3.11.12.上片或下片第二句處均出現了用 43 型組合替代一般情況下使用的七言句的現象，4.6.則出現了下片首句以 24 型組合替代一般情況下使用的六字句的情況；還有一種情況是同一韻段內部相似位置採用了不同組合，這種情況最爲普遍，如 12 體首韻段有 7 體用到「454」句式組合，有 4 體則用到「436」句式組合，下片首韻段有 7 體用到「654」組合，而有 3 體用到「645」組合，倒數第二韻段幾乎全部使用「445」組合而蘇軾的名詞用到「454」組合。總之，句式與句式的替換，句式與組合的替換，組合與組合的替換，都可能導致了一調的句式發生變異，形成不同的句系，從而形成了一調多體。

2、同言不同韻——韻式差異

這主要表現爲句系相同但押不同性質的韻，如上述 12 體有押平韻的，有押仄韻的，仄韻中有專押入聲韻的，或者句系相同，但某些特殊位置增添了韻點，俗稱小韻或句內韻，如 4.5.6.11.12. 加點處的押韻，後種情況往往發生在上下片片首，特別容易發生在下片換片處。

3、同言不同律——格律差異

如上述平韻體與仄韻體，其差異絕不只是體現在韻點上，它們在格律上是完全不同的。不僅韻式差異、句式差異將導致格律差異，就是句式韻式完全相同，不同詞相似的位置也可能採用不同的格律模式，這種區別是非常微妙的。如上述兩首蘇詞首句四言，一用「4 平仄」，一用「4 仄仄」，格律模式不同。

（三）「一調多體」現象成因初探

一調多體的形成與音樂息息相關，在樂譜不傳的情況下，目前對一調多體的成因探討很難深入下去。我們推測，一調多體的句式差異、韻式差異和格律差異與填詞性質和過程緊密相關。造成一調多體現象的原因是多方面的。

原因之一，從樂句到辭句，詞家「依曲拍填詞」對樂句節奏的靈活處理導致句式變化；

原因之二，文人填詞遵循的隱含原則爲「平仄律」，「平仄律」既保證填詞的格律規範性，也決定了詞律的多種可能性（參看論填詞的幾種模式討論〔註 1〕）；

〔註 1〕論填詞的五種模式——

一、填詞原理：填詞有兩個基本原理，一個是將音樂的節拍轉化爲詞的節拍，一個是將音樂的旋律轉化爲詞的旋律。在古典詩歌體系中，前者表現爲講求曲拍呈現爲「雙音節奏」控制下的「言」，後者表現爲將「五音」盡力呈現爲「四聲」。

二、填詞模式多樣化：依據填詞對基本原理的遵循程度，填詞呈現出多種方式。唐宋詞的五種填詞方式爲：

（一）依「曲拍」填詞：曲拍→詞拍（言）

（二）依「曲拍」和「平仄」填詞：曲拍→詞拍（言）＋平仄

（三）依「曲拍」和「四聲」填詞：曲拍＋五音→詞拍（言）＋四聲

（四）依「曲拍」和「平仄」填詞，輔助以四聲：曲拍＋五音→詞拍（言）＋平仄（略調四聲）

（五）依「曲拍」和「四聲」填詞，輔助以平仄：曲拍＋五音→詞拍（言）＋四聲（略調平仄）

第一種方式爲民間歌曲的一般「填腔」方式，無論平仄四聲，當今歌曲填詞全用這種方式；第二種方式是唐宋文人填詞的基本方式，如《憶江南》的填詞；第三種方式是音樂家喜歡的獨特填詞方式，這是永明體作家的理想，在周邦彥、姜夔等少數格律作家少數作品中有應用；第四種是唐宋詞常見的填詞方式，爲一般填詞作家和曲作家所運用；第五種是少數重樂律但又不願放棄格律的作家的特殊填詞方式。前三種方式是基礎填詞方式，後二者是綜合性靈活運用。

三、三種基礎填詞方式形成的詞體文學性程度不同。第一種只依「曲拍」填詞，形成的詞體只有節奏，文學性較差；第三種依「四聲」填詞，形成的詞體音樂性很強，但對音樂的依賴性較大，不易實行，反倒損害了其文學性，故一直只是少數作家的專利，且這少數作家也多偶而爲之，並未成爲普遍模式（龍榆生《詞律質疑》有辯）；第二種依「平仄」填詞，形成的詞體形式性強且易於掌握，具有獨立於音樂的文學性，最容易爲大家所接受，成爲古典詞曲的核心體式。樂譜不存，語音流變後，以第二種方式形成的詞體仍得以葆其青春，長盛不衰。

四、詞與曲的關係複雜：宋詞一般是先有曲後有詞，故曰填詞，但也有先有詞後有曲的，如姜夔作詞先「率意爲長短句」，則是先作「平仄格律詩」，然後將平仄格律詩「永言」成歌曲。這種方式與先秦詩經、漢樂府的主要形成方式相似，即所謂「歌永言，聲依永」也，即歌曲是伴隨語音聲調形成的。宋詞普遍的形成方式與先秦詩歌普遍的形成方式大相徑庭，但並不是完全相反關係（若以相反關係理解，詩經的確是四聲變五音，宋詞卻則應是五音變四聲，但宋詞卻主要不是五音變四聲，而是五音變平仄）。值得注意的是，平仄形式形成以前，詞曲的節奏配合一直是強調的，但四聲與五音的配合卻可以不強調，音樂的獨立性較強，一個音樂腔調隨意填詞而均可傳唱的情況是很多的；平仄形成後，平仄規律的獨立性卻越來越強了，反倒成了詞家注意的重點，而四聲五音的配合，則是其後的事情了。則凡作詞的作家，或多或少都要注意平仄，齊梁到唐的平仄注重還沒有完全形式化，受四聲樂律影響顯著，但中唐後，平仄的獨立性地位越來越強，到後來成爲了完全獨立的文學形式，與音樂相離越來越遠了，受尊文學的思潮影響，元曲和明清文人戲曲，一邊要講音樂性的四聲，一邊卻不得不注重平仄的調整了。歷史傳承到明清的詞牌、曲牌，實則音樂性質已蕩然不存，音樂性的注重，也只能靠音樂家在「平仄詞牌」基礎上的「調四聲」努力了。至於民間戲曲，則早已放棄了「平仄」形式。

五、詩與歌的關係，向來糾結。有幾個地方時必須注意的：(一) 中國詩、歌分合複雜，時有反覆；(二) 在漢詩，由於漢語聲調的存在，詩與歌的關係不僅在節奏上有關聯，而且在聲音旋律上遂也有了關聯，這使漢詩的詩、歌分合更具有獨特面貌；(三) 總體上看，詩從歌分離是詩的大勢，「平仄律」的漸趨獨立反映了這一大勢；(四) 詩經是「聲依言」，而宋詞是「言依聲」（這只是大勢，實際情況極爲複雜），但二者都經歷了從詩歌相合到詩歌分離的大勢，不同的是，詩經的體式由於缺乏文學規律性，很快被遺棄，而宋詞的體式則由於傑出的「節拍」和「平仄格律」的存在，被發揚光大，這可見「節奏」與「平仄」作爲純形式因素對詩歌的重大意義。

關於詩與音樂的內在關聯，曲拍與詞拍轉化易釋難曉，五音與四聲轉化釋曉俱難。五音與四聲轉化乃此一問題之關扼，亦乃一切模糊學說之源泉。今人非作外圍研究，能直探本質者，推劉堯民、龍榆生、夏承燾、楊蔭瀏陰法魯、洛地數家之說，亦各有深淺，本文受限，不能展開論述，今直將詩、樂基本關係略述如上。各家言四聲五音轉化關係可參考之文，劉有《詞與音樂》之「四聲平仄與宮商關係」節，龍有《論平仄四聲》、《詞律質疑》，夏有《四聲繹說》《白石道人歌曲校律》《姜夔詞譜學考績》，楊陰合著《宋姜白石創作歌曲研究》，洛地有《詞樂曲唱》。另，音樂家之文有王光祈《中國音樂史》言「宋俗字譜」，李建正據段安節等做《最新發掘唐宋歌曲》。

原因之三、極端情況下詞牌相混導致詞體相混，從而形成特殊的一調多體，即「同體異調」被誤解同調，最終導致不同詞牌的詞體混爲一團。

二、從常用百調到常用百體

常用百調96%具有一調多體現象，要研究詞體的普遍構成規律，就必須繼續縮小研究對象範圍。每調釐定一體作爲研究樣本在理論上具有必要性，在方法上是可能的。

從一調多體的地位和數量看，釐定一體作爲研究對象是絕對必要的。其必要性體現在：（1）一調多體往往在「言」和「律」上大同小異，形成一個具有淵源的相似句型體系（**可以將一調多體形成的詞體系列稱爲一個詞系；詞係概念比詞調概念更能說明詞調的集合性質，也能澄清關於一調多體的諸多誤解和混淆**；在詞系中，不同詞體的地位是不一樣的），這決定了必須選擇一個代表詞體進入研究視野。如將全部詞體作爲長短句研究對象，則勢必造成資料上的極大重複。（2）一調的多數體式往往存詞數量不多，不具有典型性，不可以作爲研究代表。

釐定一調一體在方法上也是可能的。其可能性表現在：（1）一調多體往往在「言」和「律」上大同小異，形成具有淵源的相似句型體系，保證了選擇一個詞體作爲整個詞牌格式代表的可能性；（2）實際操作層面，欽定詞譜經過繁複比勘，推出了「正體」概念，開創了選擇代表性詞體的先河。詞譜將首出的最常用詞體確定爲某詞牌的「正體」，具有科學性，爲本文一調一體的選擇提供了基本依據。因爲同一詞調宋代或早期大家填得最多的詞體自然是最成熟，最能代表該詞調性質的文學體式，這種體式往往集合了其先出體式的優勢，對其後出詞體具有示範意義，爲多數後期詞家所傚仿模擬，在一定程度上可視爲該詞牌的詞體代表。（3）理論上的代表詞體應該是該詞牌存詞最多最好的詞體，而存詞多、早、好正是「正體」的選擇標準，多數情況下，存詞最多最好的詞體恰好就是「正體」。

基於以上原因，我們簡化「每調一體」的選擇方法：以欽定詞譜所定「正體」爲基本參考對象，斟酌存詞數量，每調擇出最能代表該調特徵的一個體式，集爲「常用百體」。

三、常用百體

省略從常用百調到百體的具體細節，本處直接以表格形式給出《常用百體》（見附錄）。

四、常用百體的代表性檢討

我們將常用百體確定爲研究樣本，現在對已確定的常用百體的代表性作簡要分析。

在常用百體中，

1. 小令：中調：長調＝64：17：19
2. 單調：雙調＝12：88
3. 平韻：仄韻：混韻＝42：44：14
4. 全首完全合律：56 首
5. 盛中唐：晚唐：北宋：南渡：南宋：金元＝7：31：57：1：3：1
6. 溫、韋、馮、歐、柳、蘇、周＝5：4：4：4：7：6：5

從常用百體的基本狀況看，常用百體在各方面都具有良好的代表性，完全可以勝任研究樣本的任務。這主要體現在：從小令中調長調的比例看，小令約占 60%，中調長調數量相當，各占 20%左右，這與宋詞的基本狀況是大致吻合的；從單雙調的比例看，雙調占到近 90%，這與「雙調作爲詞體最成熟的體制」的事實是吻合的；從押韻情況看，平韻詞仄韻詞大致相當，平仄混韻詞約占到一半，詞體的各種押韻情況全都包含在內了；從合律情況看，全首完全合律（以後還要詳細考察）的詞體占到一半，這也說明這些詞體是完全成熟的詞體；從選詞的創作時間看，晚唐五代和北宋詞占常用百體的近 90%，這與詞體從成熟到興盛的時期是大致吻合的（値的注意的是，常用百體中，南宋詞只選有 3 首，這與我們通常情況下關於詞在南宋又發展到一個高潮的印象似乎不合，但是考慮到本文研究對象是「詞體」，從詞體創生角度看，南宋已不突出，則這個樣本與客觀事實還是基本吻合的）；最後，從這些樣本的創造者、作家而言，也具有非常良好的代表性，晚唐五代作家包括溫韋馮延巳，北宋作家包括歐柳蘇周，7 個大家選詞共占 35%，選詞最多的作家包括晚唐五代及北宋各大作家，這很符合詞體創造的客觀實際情況。

總之，從各個方面看，本章釐定的「常用百體」在詞體中具有非常全面的代表性。常用百體作爲研究樣本的良好代表性，是本書全部研究的堅實基礎。

第二章　律句觀念研究

欲研究格律，必先定律句。本章對中國詩歌律句觀念作一系統研究，先論歷代律句觀念演變大流，次議近代三家律句觀念之成敗，以次對聲調、四聲、平仄作語音學探討，復次討論啓功「竹竿律」之絕大貢獻，允其爲中國聲律理論之集大成與最後完成，最後據討論議定本文所用律句之諸種概念。本章研究引入語言學方法，力避傳統零散、經驗、浮光掠影式批評，乃中國詩歌一千五百年來格律觀念之一深刻檢討。

第一節　律句觀念源流

詩曰：

律句精神始永明，詩詞曲律蔓生成。

規模建具清群匠，通於王力結於功。

總論：律句觀念，肇於文心，始於永明，蔓衍於詩、詞、曲，規模於清，概括於王力，昇華於啓功。

一、肇於文心

劉勰並未提出具體律句概念，但聲律原則之提出，莫早於劉勰。聲律觀念之通透，亦莫過於劉勰，故曰律句觀念，肇自文心。《文心雕龍・聲律第三十三》云：

> **凡聲有飛沈，響有雙疊**。雙聲隔字而每舛，疊韻雜句而必睽；沈則響發而斷，飛則聲颺不還。並轆轤交往，逆鱗相比。迂其際會，則往蹇來連。其爲疾病，亦文家之吃也。夫吃文爲患，生於好詭，逐新趣異，故喉唇糾紛；將欲解結，務在剛斷。左礙而尋右，末滯而討前，則聲轉於吻，玲玲如振玉；辭靡於耳，累累如貫珠矣。是以聲畫妍蚩，寄在吟詠，滋味流於下句，風力窮於和韻。**異音相從謂之和，同聲相應謂之韻**。韻氣一定，則餘聲易遣；和體抑揚，故遺響難契。屬筆易巧，**選和至難**，綴文難精，而**作韻甚易**。雖纖意曲變，非可縷言，然振其大綱，不出茲論。〔註1〕

此段文字，講了聲律三個方面的內容，即聲律的構成要素、聲律的發生原理、以及聲律學的研究重點。第一、「凡聲有飛沈，響有雙疊。雙聲隔字而每舛，疊韻雜句而必睽。沈則響發而斷，飛則聲颺不還」，指出構成聲律基礎的要素是不同性質的語音；第二、「並轆轤交往，逆鱗相比……是以聲畫妍蚩，寄在吟詠，滋味流於下句，風力窮於和韻。異音相從謂之和，同聲相應謂之韻」，指出聲律形成的兩個基本原則「和」和「韻」；第三、「韻氣一定……和體抑揚……屬筆易巧，選和至難，綴文難精，而作韻甚易」，點明聲律形成的兩個原理「和」與「韻」在創作實踐中的不同地位，指出今後作家應該努力的方向。

此段文字雖糾結於駢文，用詞務求屬對而時失於精確，邏輯上亦未爲周嚴，但大約無損於句意，實乃此後千年中國聲律原則的綱領性文字。此後，永明的四聲八病，律詩、律詞、律曲的實踐，清人的歸納，王力的概括探討和啓功的理論簡結，皆沿此文所指的方向，將中國聲律實踐與研究推向縱深。

〔註1〕范文瀾《文心雕龍注》，人民文學出版社 1958 年版，頁 552～553。另，本文所引文字的加點或加粗，除非特加說明，皆係筆者所加，以下皆同，不再出注。

二、始於永明

劉勰並無微觀律句概念，至永明，倡四聲八病，始將聲律原則引入具體實踐，律句探討一時蔓延，蔚爲壯觀，故曰律句觀念，始於永明。

（一）倡四聲

永明之倡四聲，實以平上去入比附宮商角徵羽，即以聲調之**四聲**比附音樂之**五聲**，故所得律句規則皆爲四聲相配之規則，其律句觀念爲四聲觀念。

四聲在當時文人中，也還是一個相當了不起的發現，並不如我們現在一樣童幼皆知，觀記載當時情形之文獻，其初創情形約略可知。《南史・周顒傳》載周顒：

> 顒音辭辯麗，長於佛理……每賓友會同，顒虛席晤語，辭韻如流，聽者忘倦……轉國子博士，兼著作如故。太學諸生慕其風，爭事華辯。**始著四聲切韻行於時**。〔註2〕

《南史・沈約傳》則載沈約：

> 又**撰四聲譜**，以爲「在昔詞人累千載而不悟，而獨得胸衿，窮其妙旨」。自謂入神之作。〔註3〕

中唐《文鏡秘府論・天》篇錄《調四聲譜》，所列四種聲調，其知識即今日幼兒園亦已普及，然中唐記載則仍珍重其事，可見聲調之發現在周顒、沈約當日實爲理論界之大事。

然沈約的發現，不止於知四聲，而在於倡導四聲之相配以成文，並比附於樂律之宮商角徵羽。《南齊書・陸厥傳》載：

> 永明末，盛爲文章。吳興沈約、陳郡謝朓、琅邪王融以氣類相推轂。汝南周顒善識聲韻。**約等文皆用宮商，以平上去入爲四聲**，以此制韻，不可增減，世呼爲「永明體」。〔註4〕

〔註2〕參見《南史》卷三十四，周顒列傳。
〔註3〕參見《南史》卷五十七，沈約列傳。
〔註4〕參見《南齊書》卷五十二，陸厥列傳。

又載沈約與陸厥聲律之辯：

厥與約書曰：

范詹事《自序》「性別宮商，識清濁，特能適輕重，濟艱難。古今文人，多不全了斯處，縱有會此者，不必從根本中來。」沈尚書亦云：「自靈均以來，此秘未覩。」或「闇與理合，匪由思至。張蔡曹王，曾無先覺，潘陸顏謝，去之彌遠。」大旨鈞使「**宮羽相變，低昂舛節。若前有浮聲，則後須切響，一簡之內，音韻盡殊，兩句之中，輕重悉異。**」辭既美矣，理又善焉。但觀歷代眾賢，似不都闇此處，而云「此秘未覩」，近於誣乎？案范云「不從根本中來」，尚書云「匪由思至」，斯可謂揣情謬於玄黃，擿句差其音律也。范又云「時有會此者」，尚書云「或闇與理合」，則美詠清謳，有辭章調韻者，雖有差謬，亦有會合，推此以往，可得而言。夫思有合離，前哲同所不免；文有開塞，即事不得無之。子建所以好人譏彈，士衡所以遺恨終篇。既曰遺恨，非盡美之作，理可詆訶。君子執其詆訶，便謂合理爲闇。豈如指其合理而寄詆訶爲遺恨邪？自魏文屬論，深以清濁爲言，劉楨奏書，大明體勢之致，岨峿妥帖之談，操末續顛之説，興玄黃於律呂，比五色之相宣，苟此秘未覩，茲論爲何所指邪？故愚謂前英已早識宮徵，但未屈曲指的，若今論所申。至於掩瑕藏疾，合少謬多，則臨淄所云「人之著述，不能無病」者也。非知之而不改，謂不改則不知，斯曹、陸又稱「竭情多悔，不可力強」者也。今許以有病有悔爲言，則必自知無悔無病之地；引其不了不合爲闇，何獨誣其一合一了之明乎？意者亦質文時異，古今好殊，將急在情物，而緩於章句。情物，文之所急，美惡猶且相半；章句，意之所緩，故合少而謬多。義兼於斯，必非不知明矣。《長門》、《上林》，殆非一家之賦；《洛神》、《池雁》，便成二體之作。孟堅精正，《詠史》無虧於東主；平子恢富，《羽獵》不累於憑虛。王粲《初征》，他文未能稱是；楊脩敏捷，《暑賦》彌日不獻。率意寡尤，則事促乎一日；翳翳愈伏，而理賖於七步。一人之思，遲速天懸；一家之文，工拙壤隔。何獨宮商律呂，必責其如一邪？論者乃可言未窮其致，不得言曾無先覺也。

約答曰：

宮商之聲有五，文字之別累萬。以累萬之繁，配五聲之約，高下低昂，非思力所舉。又非止若斯而已也。十字之文，顚倒相配，字不過十，巧歷已不能盡，何況復過於此者乎？靈均以來，未經用之於懷抱，固無從得其髣髴矣。若斯之妙，而聖人不尚，何邪？此蓋曲折聲韻之巧，無當於訓義，非聖哲立言之所急也。是以子雲譬之「雕蟲篆刻」，云「壯夫不爲」。自古辭人，豈不知宮羽之殊，商徵之別？雖知五音之異，而其中參差變動，所昧實多，故鄙意所謂「此秘未覩」者也。以此而推，則知前世文士便未悟此處。若**以文章之音韻，同弦管之聲曲**，則美惡姸蚩，不得頓相乖反。譬由子野操曲，安得忽有闡緩失調之聲？以《洛神》比陳思他賦，有似異手之作。故知天機啓，則律呂自調；六情滯，則音律頓舛也。士衡雖云「炳若縟錦」，寧有濯色江波，其中復有一片是衛文之服？此則陸生之言，即復不盡者矣。韻與不韻，復有精麤，輪扁不能言，老夫亦不盡辨此。〔註5〕

又沈約於《宋書・謝靈運傳》後論宮商：

夫五色相宣，八音協暢，由乎玄黄律呂，各適物宜。**欲使宮羽相變，低昂互節，若前有浮聲，則後須切響。一簡之內，音韻盡殊；兩句之中，輕重悉異。妙達此旨，始可言文。**至於先士茂製，諷高歷賞，子建函京之作，仲宣霸岸之篇，子荊零雨之章，正長朔風之句，並直舉胸情，非傍詩史，正以音律調韻，取高前式。自《騷》人以來，多歷年代，雖文體稍精，而此秘未覩。至於高言妙句，音韻天成，皆闇與理合，匪由思至。張、蔡、曹、王，曾無先覺，潘、陸、謝、顏，去之彌遠。世之知音者，有以得

〔註5〕參見《南齊書》卷五十二，陸厥列傳。

之，知此言之非謬。〔註6〕

觀沈約所論，似並未將聲調之四聲平上去入與樂律之五聲宮商角徵羽作機械對應，然至唐，則有人明確將二者對應相配。唐協律郎元兢《詩腦髓・調聲》直接指明了一種相配關係：

聲有五聲，宮商角徵羽也，分於文字四聲，平上去入也。宮商爲平聲，徵爲上聲，羽爲去聲，角爲入聲。〔註7〕

唐徐景安《新纂樂聲》卷四三《五音旋宮》亦云：

凡宮位上平聲，商爲下平聲，角爲入，徵爲上，羽爲去聲。〔註8〕

四聲、五聲（又稱「五音」，此等概念相混用，古人行文不避，須仔細辨析，其他如「聲」、「音」、「律」等概念俱如此）是否可以如此機械對應，當時語音與樂律情形俱闕，今不能知。但以常理推，四聲乃聲調，五音乃樂調，性質根本不同，以旋律粗略相配則可，機械相配則爲欺人，況方音隨時、地變化，樂律則變化當較小，如何能固定相配？但**四聲自身相配以成一種格律，粗可通於五音旋律梗概**，且將二者**相通作爲一種原則，則並不算錯**。

（二）言八病

永明講四聲聲律，初未講出一種成熟格律，而是研究出種種格律避忌，是爲八病。

古今言八病之資料衍缺，眾說紛紜。然據鍾嶸《詩品序》言及「蜂腰、鶴膝」二病，初唐李延壽《南史・陸厥傳》言及「平頭、上尾、蜂腰、鶴膝」四病，隋王通《中說・天地篇》稱「四聲八病」，盛唐殷璠《河嶽英靈集・集論》、中唐皎然《詩式・明四聲》、封演《封氏聞見記・聲律》稱及「八病」，中唐時期日本僧人遍照金剛《文鏡秘

〔註6〕參見《宋書》卷六十七，謝靈運列傳。

〔註7〕張伯偉：《全唐五代詩格校考》，西安：陝西人民教育出版社，1997，頁93。

〔註8〕王應麟：《玉海》，第七卷，《四庫全書》本子部十一。

府論・西卷》載「文二十八種病」前八種病犯及具體解釋，則「八病」不為虛有。又據初唐盧照鄰《南陽公集序》語「八病爰起，沈隱候永作拘囚」，王應麟《困學紀聞》卷十引北宋李淑《詩苑類格》語「沈約曰詩病有八：平頭、上尾、蜂腰、鶴膝、大韻、小韻、旁紐、正紐。唯上尾、鶴膝最忌，餘病亦通」，南宋魏慶之《詩人玉屑》卷十一類似用引，則八病之說創自永明，大約可定。雖有南宋阮逸《中說・天地篇》注釋之狐疑、清紀昀《沈氏四聲考》之迷惑（《畿輔叢書》），其實難以更改。近人郭紹虞撰《永明聲病說》（見《照隅室古典文學論集》上篇），羅根澤撰《魏晉南北朝文學史》，劉大杰編《中國文學批評史》（上海古籍出版社 1979 年 10 月新 1 版），皆持此見，則聲病歸屬之討論，已漸趨一致。〔註 9〕

關於八病之詳細探討，下文還有細說。

四聲八病是中國詩人首次將聲律原則應用於聲律實踐的開山之作，其重要性和影響不言而喻。自四聲八病起，論界雖間有異議，但律句觀念漸沁入人心，律句調聲實踐一發而不可收。永明之後，調聲騰躍，風氣延至中唐。觀中唐《文鏡秘府論序》：

> 沈侯、劉善之後，王、皎、崔、元之前，盛談四聲，爭吐病犯，黃卷溢篋，緗帙滿車。〔註 10〕

《文鏡秘府論・天序》篇記：

> 貧道幼就表舅，頗學藻麗，長入西秦，粗聽餘論。雖然志篤禪默，不屑此事。爰有一多後生，扣閑寂於文囿，撞詞華乎詩圃；音響難默，披卷函杖，即閱諸家格式等，勘彼同異，卷軸雖多，要樞則少，名異義同，繁穢尤甚。余癖難療，即事刀筆，削其重複，存其單號，總有一十五種類：謂《聲譜》，《調聲》，《八種韻》，《四聲論》，《十七

〔註 9〕以上關於「八病」資料演變，參看袁行霈主編《中國文學史》（高等教育出版社 1999 年版）第二冊頁 140，本文略作總結，斷以己見。

〔註 10〕〔日〕遍照金剛撰，盧盛江校考：《文鏡秘府論彙校彙考》，北京：中華書局 2006 版，頁 14。

勢》，《十四例》，《六義》，《十體》，《八階》，《六志》，《二十九種對》，《文三十種病累》，《十種疾》，《論文意》，《論對屬》等是也。配卷軸於六合，懸不朽於兩曜，名曰《文鏡秘府論》。〔註 11〕

《文鏡秘府論・西卷》記：

顒、約已降，兢、融以往，聲譜之論鬱起，病犯之名爭興；家製格式，人談疾累；徒競文華，空事拘檢；靈感沈秘，雕弊實繁。竊疑正聲之已失，爲當時運之使然。洎八體、十病、六犯、三疾，或文異義同，或名通理隔，卷軸滿機，乍閱難辨，遂使披卷者懷疑，搜寫者多倦。予今載刀之繁，載筆之簡，總有二十八種病，列之如左。其名異意同者，各注目下。後之覽者，一披總達。〔註 12〕

諸種探討，名目繁多，約略可以想見兩百年間消息。當然，永明聲律屬於「四聲系統」（迄無資料說明永明聲律屬於平仄二元系統），其律句觀念複雜而多變。四聲二元化和更簡潔的聲律規則，大概要待其後兩百年的努力了。

三、蔓衍於詩、詞、曲

自永明始，聲律實踐經唐、宋、元而臻鼎盛。律句探討大約經歷了從五言、五七言、六言、到三四五六七言，從齊言到雜言，從四聲系統、平仄系統、到四聲平仄系統合流〔註 13〕，從詩律到詞律曲律，

〔註 11〕〔日〕遍照金剛撰，盧盛江校考：《文鏡秘府論彙校彙考》，北京：中華書局 2006 版，頁 24。

〔註 12〕〔日〕遍照金剛撰，盧盛江校考：《文鏡秘府論彙校彙考》，北京：中華書局 2006 版，頁 887～888。

〔註 13〕**略論從四聲系統、平仄系統、到四聲平仄系統合流**——此是中國聲律演變之大流，然亦是諸家眾誦紛紜之焦點。其源皆出於不明四聲、平仄、宮商之異同。三者異同，大致在於：（1）四聲之平上去入乃「聲律」，平仄乃聲律之分類簡化，宮商角徵羽乃「樂律」，三者性質根本不同，不可相混；（2）四聲聲調，可以附會宮商角徵羽，然只有大略，並無確切關係，一則二者只有「音高走向」或曰「調形」上的模糊關聯，二則此一關聯隨時代、地域聲調相異而隨時相異；（3）

從黏對律到詞曲律（黏式律消失，而增加其他規律，本文將就此作詳細研究）等各個層面的不同發展階段，並在一定階段形成各自成熟的律句體系。律句觀念也因此從五言、齊言擴大到雜言，並最終涵蓋整個漢語言詩歌所能允許的各種句式。故曰律句觀念蔓衍於詩、詞、曲。

這個階段大約又可以分爲三個小的階段。

（一）從八病（齊言四聲系統）到黏對（齊言平仄系統）

（二）從黏對（齊言平仄系統）到詞律（雜言平仄系統）

（三）從詞律（雜言平仄系統）到曲律（平仄四聲系統合流）

（一）從八病到平仄系統的揚棄

八病者，「一曰平頭（或一六之犯名水渾病，二七之犯名火滅病），

四聲附會樂律之法有二，一爲「以字行腔」，或曰「聲依永」，即四聲變爲音樂宮商之法，詩經、原始樂府歌、早期民歌形成及地方戲曲形成多用此法，然非天才潤色不能成腔，一爲「以腔填詞」，宋詞音樂家偶然附會此事如姜夔周邦彥者，次者之流則將依此所填之「詞牌」作腔，逐字填入四聲，矜之曰知音律，然宋詞大流皆不主用此二法，前一法至元明清曲學則略有復興；（4）四聲可簡化爲平仄，然平仄律則宛然獨立於四聲，實乃詩歌中卓然獨立之形式規則，此規則至唐齊言與長短句大盛，此後籠罩中國詩歌一千四百餘年；（5）平仄律雖淵源於永明四聲八病之究，然平仄分立與永明四聲論無涉，與宮商相去更其已遠，性質已全異，若再作附會，便已不通，然歷代論家，於此處皆彷徨莫定，附會滋多。以三者論於永明以來中國詩歌格律大勢，則永明體主講四聲，而有若干以四聲附會宮商；律詩主講平仄，而常以四聲諷誦以作潤色、詞主講平仄，先付之口耳以改定偶有不諧者，後則專講平仄以迄於今；曲主平仄而旁及四聲與宮商。自永明至律詩至詞至曲，聲律夾淆於樂律，此間消息變化，內行不能通了，外行益加猜測，誠懇之言雜於隔膜之語，眞知之論間於訛誤之說，歷代明晦之論，魚龍混雜，再以沈約、李清照等人之偶然誇飾，附會者之推波助瀾，眞相遂致淹沒。關於中國四聲與宮商關係的資料，以吳相洲之《永明體與音樂關係研究》所萃最爲宏富，可資參看。吳通四聲與宮商之紐，於四聲與平仄之別則欠研究，行文頗雜四聲、平仄，雖較穩妥，然亦有缺憾，取其資料，以本文觀念庖丁解之，則四聲、平仄、五聲的關聯區別，皎然在目，古人正訛猜測，正判然可別。關於平仄之研究資料，向無集萃，則本文重點於此。

二曰上尾（或名土崩病），三曰蜂腰，四曰鶴膝，五曰大韻（或名觸絕病），六曰小韻（或名傷音病），七曰傍紐（亦名大紐，或名爽絕病），八曰正紐（亦名小紐，或名爽切病）」〔註 14〕（見《文鏡秘府論·西卷·文二十八種病》）。觀此八病，極爲細緻，然論律自是越詳細越好，爲文則不能若是之瑣碎。八病的揚棄，成爲後代詩人必須的工作。此間瑣碎反覆的細節，自然難於爲後人所知，但約略分析，亦不難看到其中演變的軌跡。

【平頭】按《文鏡秘府論·西卷·文二十八種病》，「五言詩第一字不得與第六字同聲，第二字不得與第七字同聲。同聲者，不得同平上去入四聲，犯者名爲犯平頭」〔註 15〕。平頭提出一六字不可同聲調，實質要求聯內聲調相對，講的是對仗原則問題，據後來衍生出的水渾、火滅、木枯、金缺諸病，要求一六、二七、三八、四九字俱不可同聲調，可以很清晰的看到這一點。四聲二元性被發現之後，這一規則自然就演變成要求聯類平仄對仗，五言二二一節奏被發現或者說偶位的重要性被發現後，字字對仗遂有了彈性，嚴格者講字字相對，寬鬆者講偶位相對即可，遂演變成了律詩中的聯內對句。

【上尾】按《文鏡秘府論·西卷·文二十八種病》，「五言詩中，第五字不得與第十字同聲，名爲上尾」〔註 16〕。上尾提出的實質上是更嚴格的隔句用韻原則，其形象解釋就是突出一聯之尾，務使聯聯韻氣相連，不被一三五句同聲母、同韻母或同聲調之字割斷韻脈。這一原則甚至被應用於文章：

> 或云：其賦頌，以第一句末不得與第二句末同聲。……沈氏亦云：「上尾者，文章之尤疾。自開闢迄今，多懼不免，

〔註 14〕〔日〕遍照金剛撰，盧盛江校考：《文鏡秘府論彙校彙考》，北京：中華書局 2006 版，頁 907。

〔註 15〕〔日〕遍照金剛撰，盧盛江校考：《文鏡秘府論彙校彙考》，北京：中華書局 2006 版，頁 913。

〔註 16〕〔日〕遍照金剛撰，盧盛江校考：《文鏡秘府論彙校彙考》，北京：中華書局 2006 版，頁 931。

悲夫。」若第五與第十故爲同韻者，不拘此限。即古詩云：「四座且莫喧，願聽歌一言。」此其常也，不爲病累。其手筆，第一句末犯第二句末，最須避之。……凡詩賦之體，悉以第二句末與第四句末以爲韻端。若諸雜筆不束以韻者，其第二句末即不得與第四句同聲，俗呼爲隔句上尾，必不得犯之。……劉滔云：「下句之末，文章之韻，手筆之樞要。在文不可奪韻，在筆不可奪聲。且筆之兩句，比文之一句，文事三句之內，筆事六句之中，第二、第四、第六，此六句之末，不宜相犯。」此即是也。〔註 17〕

後來這一原則得到揚棄，除首句故意押韻者不遵守外，其他聯則嚴格貫徹此原則，並變四聲爲平仄，最終成爲律詩中的摸樣。

【蜂腰】按《文鏡秘府論·西卷·文二十八種病》，「五言詩一句之中，第二字不得與第五字同聲。言兩頭粗，中央細，似蜂腰也」〔註 18〕。蜂腰病實質講的是節位相對原則，關係永明人對詩歌節奏的基本認識，其演變意義重大。《文鏡秘府論·西卷·文二十八種病》引劉善經言：

劉氏曰：「**蜂腰者，五言詩第二字不得與第五字同聲**。古詩曰：『聞君愛我甘，竊獨自雕飾』是也。此是一句中之上尾。沈氏雲；『五言之中，分爲兩句，上二下三。凡至句末，並須要殺。』即其義也。劉滔亦云：『爲其同分句之末也。其諸賦頌，皆須以情斟酌避之。如阮瑀《止欲賦》云：「思在體爲素粉，悲隨衣以消除。」即「體」與「粉」、「衣」與「除」同聲是也。**又第二字與第四字同聲，亦不能善。此雖世無的目，而甚於蜂腰**。如魏武帝《樂府歌》云：「冬節南食稻，春日復北翔」是也。』劉滔又云：『四聲之中，入聲最少，餘聲有兩，總歸一入，如徵整政只、遮者柘只

〔註 17〕〔日〕遍照金剛撰，盧盛江校考：《文鏡秘府論彙校彙考》，北京：中華書局 2006 版，頁 939～940。

〔註 18〕〔日〕遍照金剛撰，盧盛江校考：《文鏡秘府論彙校彙考》，北京：中華書局 2006 版，頁 949。

是也。平聲賒緩，有用處最多，參彼三聲，殆爲大半。且五言之內，非兩則三，如班婕妤詩曰：「常恐秋節至，涼風奪炎熱。」此其常也。亦得用一用四：若四，平聲無居第四，如古詩云：「連城高且長」是也。用一，多在第二，如古詩曰：「九州島不足步」此，謂居其要也。然用全句，平上可爲上句取，固無全用。如古詩曰：「迢迢牽牛星」，亦並不用。若古詩曰：「脈脈不得語」，此則不相廢也。猶如丹素成章，鹽梅致味，宮羽調音，炎涼禦節，相參而和矣。』」〔註 19〕

顯然，從沈約到劉善經，關於詩句有分節且節尾字聲須相對的看法基本一致，關於五言詩的具體節奏其看法則已有顯著變化。沈約認爲五言「上二下三」，即五言爲「二三」節奏，包含二三兩節，兩節尾字爲第二第五字，故第二、五字須聲調相對；劉善經雖不反對沈約，喻其爲一句中之上尾，但更強調「又第二字與第四字同聲，亦不能善。此雖世無的目，而甚於蜂腰」，並引劉滔言論作爲佐證，則顯然已將五言看成「二二一」節奏，因此才有對偶位兩字重要性的特別強調。從中可以看出，蜂腰原則在實際律句探索中已發生明顯的意義變化。在四聲二元化的催生下，蜂腰原則最後爲更爲根本的二字節節位相對原則所替代。當蜂腰原則演變爲二字節節位相對原則，律句的觀念便發生了實質上的飛躍，成熟律句的生成已爲期不遠了。

【鶴膝】按《文鏡秘府論・西卷・文二十八種病》，乃「五言詩第五字不得與第十五字同聲。言兩頭細，中央粗，似鶴膝也，以其詩中央有病」〔註 20〕。鶴膝強調的仍然是嚴格隔句用韻原則，即詩中奇句句尾固不可以亂韻，就是同聲調亦須避忌，其作用與上尾略同。鶴膝原則在律詩中雖未強調，但實質上仍被保留

〔註 19〕〔日〕遍照金剛撰，盧盛江校考：《文鏡秘府論彙校彙考》，北京：中華書局 2006 版，頁 956。

〔註 20〕〔日〕遍照金剛撰，盧盛江校考：《文鏡秘府論彙校彙考》，北京：中華書局 2006 版，頁 973。

【大韻】「五言詩若以『新』爲韻，上九字中，更不得安『人』、『津』、『鄰』、『身』、『陳』等字，既同其類，名犯大韻。」〔註21〕

【小韻】「除韻以外，而有迭相犯者，名爲犯小韻病也……就前九字中而論小韻，若第九字是『瀁』字，則上第五字不得復用『望』字等音，爲同是韻之病。元氏曰：『此病輕於大韻，近代咸不以爲累文。』」〔註22〕

大韻小韻目的都是爲了突出韻的存在，大韻講十字中不能出現與韻腳韻母和聲調均相同的字，小韻講十字中不能出現韻母與韻均相同的字。由於過於煩瑣，大韻小韻實際上在律詩中已不過份強調了。

【傍紐】「五言詩一句之中有『月』字，更不得安『魚』、『元』、『阮』、『願』等之字，此即雙聲，雙聲即犯傍紐。亦曰，五字中犯最急，十字中犯稍寬。」〔註23〕

【正紐】「五言詩『壬』、『衽』、『任』、『入』，四字爲一紐；一句之中，已有『壬』字，更不得安『衽』、『任』、『入』等字。如此之類，名爲犯正紐之病也。」〔註24〕

傍紐講一句之中避免聲母相同之字，正紐講一句之中避免聲母、聲調均相同之字，實質上都是爲了強調「異音相從」的錯落美，避免音韻上的單調，然而卻忽視了詩歌另一種更爲優美的聲音原則「同聲相和」，故而這個病犯其實不僅不爲詩人所反對，倒常常成爲高明詩人追求的目標。複沓、雙聲、疊韻、頂眞、連環等技巧所造成的優美詩歌如《西洲曲》《春江花月夜》《代悲白頭翁》《春江花月夜》《葬花

〔註21〕〔日〕遍照金剛撰，盧盛江校考：《文鏡秘府論彙校彙考》，北京：中華書局2006版，頁1000。

〔註22〕〔日〕遍照金剛撰，盧盛江校考：《文鏡秘府論彙校彙考》，北京：中華書局2006版，頁1008。

〔註23〕〔日〕遍照金剛撰，盧盛江校考：《文鏡秘府論彙校彙考》，北京：中華書局2006版，頁1015。

〔註24〕〔日〕遍照金剛撰，盧盛江校考：《文鏡秘府論彙校彙考》，北京：中華書局2006版，頁1038。

詞》等，足可以說明這個問題。後來律詩，很少在這個問題上糾纏的。

由以上分析可知，八病到律詩黏對，是很複雜的過程，有揚有棄有轉化。蜂腰原則所蘊涵的句內節節相對觀念，平頭原則所蘊涵的聯間對仗觀念，上尾所蘊涵的隔句押韻觀念，皆被律詩所繼承。大小韻的煩瑣，傍紐、正紐的偏頗，則被律詩實踐所拋棄。惟律詩形成過程中的四聲二元化和黏式律兩大發現，則非八病所能涵蓋，當屬永明後的新發現。黏的規律，現今最早最完整敘述當爲《文鏡秘府論・天卷——調聲》引元兢《詩髓腦》遺文之所論「換頭術」，該段文字復現於託名王昌齡《詩格》中，頗爲重大發現；杜曉勤在《齊梁詩歌向盛唐詩歌的嬗變》中，對黏式律的演變軌跡有較爲詳細的討論〔註25〕。至於四聲二元化的演變歷程，則仍屬迷團，尚須大力發掘，而對於律句的形成而言，四聲二元化的重要性，遠比黏的規律來得重大。

（二）從齊言平仄系統到雜言平仄系統的演變

四聲二元化起於何時，迄於何時，迄今尚無定論。但至遲至沈宋律詩完成，四聲二元化應已接近完成。四聲二元化的直接結果就是形成後來啓功所總結的竹竿律。竹竿律與齊言黏對規則相結合，形成的是成熟五七言律詩及六言律詩；竹竿律與雜言結合，則形成多種多樣的長短句體系。從齊言律詩到雜言長短句，這個過程相當漫長，從中唐一直延續到宋末。關於長短句聲律體系的性質、類型和各種規律，正是本文研究的重點。

（三）從雜言平仄系統到平仄、四聲系統合流

從元曲開始，入聲漸漸消融，上去從嚴，律句體系也從雜言平仄系統逐漸轉變爲與四聲系統合流。從雜言平仄系統到平仄四聲系統合流，此中的演變細節，尚須作進一步研究。元周德清著《中原音韻》，已是結果。明王驥德著《曲律》，論及曲律之平仄、陰陽、韻、閉口

〔註25〕杜曉勤：《齊梁詩歌向盛唐詩歌的嬗變》，北京：北京大學出版社，2009。

字、務頭，所論甚細，然略止於經驗，於律句的理論概括尚然有虧。

律詩、詞、曲，是漢語律句實踐逐漸深化擴展的階段。這一階段形成了四種成熟的律絕，四種成熟的律詩，兩千餘種詞體以及若干曲體，律句觀念也因此逐漸深化擴展。但整個律句觀念仍處於零散的經驗階段，眞正的總結，要等到清人完成。

四、規模於清

清先後出現了帶有總結性的描述詩律體系的若干詩譜、描述詞律體系的若干大型詞譜以及描述曲律體系的大型曲譜，這些描述皆帶有理論研究和探討性質，律句觀念在這些詩譜、詞譜、曲譜中得到了空前廣泛的展示，故而說律句觀念規模於清。

清的詩律譜，清初王士禛及其弟子論詩律，形成《律詩定體》《王文簡古詩平仄論》，是爲首創；趙執信求王說不成，發奮排比唐人詩集，著爲《聲調譜》，翟翬編《聲調譜拾遺》；翁方綱著《五言詩平仄舉隅》《七言詩平仄舉隅》，皆初步研究詩律之著作；其後董文煥據趙氏之說加以增訂爲《聲調四譜》，討論平仄拗救，蔚爲詳贍，允爲總結。詞則自明代以來，任意爲長短句，張綖著《詩餘圖譜》、程明善著《嘯餘譜》，用意糾訂詞調，有開拓之功，但錯誤諸多；清萬樹遂發奮著《詞律》，收詞 660 餘調 1180 餘體，徐本立爲之作《詞律拾遺》增至調 825 體 1670 餘，詞律遂有可靠版本；康熙年間陳廷敬、王奕清復等以詞律爲基礎編成官方大型詞譜《欽定詞譜》，清末秦巘則獨立編成大型詞譜《詞繫》，詞律遂備。〔註 26〕曲譜則有王奕清等因朱權《太和正音譜》、沈璟《南曲譜》編成《欽定曲譜》，收北曲曲牌 335 個，南曲曲牌 811 個。又有李漁《閒情偶記——詞曲篇》，視詞曲於一轍，辯塡詞之難、製譜之誤、詞韻之守、曲譜之遵，並拗句、上聲、入韻、務頭等各種律句相關觀念，律句研究達到一定理論水平。

〔註 26〕關於明清格律譜演變過程，參看劉永濟：《（劉永濟集）宋詞聲律探源大綱 詞論》，中華書局 2007 年，頁 71。

詩譜、詞譜、曲譜的相繼完成是以平仄系統的律句聲律爲基礎的，曲譜則略雜有些許四聲律句。豐富而複雜的雜言律句的審定表明律句觀念已進入到一個系統化的階段。

五、概括於王力

王力作《漢語詩律說》〔註27〕，第一次集一人之力系統考察詩、詞、曲三大詩歌樣式的句式及格律特徵，並對三言、四言、五言、六言、七言、八言、九言句式的格律特徵及律句可能情況做了詳盡分析，較之清人詩譜、詞譜、曲譜的分立考察又前進了一步。故曰律句觀念概括於王力。

遺憾的是王力的律句觀念尚有拘束，雖已歸納三、四、八、九言的律句形式，但出言謹慎，並未從系統上提出統一的律句概念。這一理論上的最後突破是由啓功完成的。

關於王力的律句觀念的討論詳見下節。

六、昇華於啓功

啓功撰《詩文聲律論稿》〔註28〕，以「竹竿律」和「竹竿三字腳律」（我的概括）概括詩（廣義的詩歌，包括詞曲）文中大量出現的紛繁複雜的律句現象的本質規律。這一理論概括是建立在清人對詩律詞律曲律所進行的大量基礎研究的基礎之上，沿著王力詩詞曲律句系統全面考察所指引的研究方向，對漢語詩律所進行的一次具有深刻洞察力的理論總結，是對王力律句系統考察的昇華，既具有理論上的深刻性，又具有實踐上的巨大指導意義，同時又因其通俗形象而易於被理解。至此，漢語詩歌律句有了明確而統一的判斷標準，漢語詩律觀念遂達到了一種透徹明晰的理論高度。故曰律句觀念昇華於啓功。

遺憾的是，迄今爲止，理論界對啓功的理論概括反響寥寥，或則

〔註27〕王力：《漢語詩律學》，上海：上海教育出版社，1962年新版。
〔註28〕啓功：《漢語現象論叢・詩文聲律論稿》，北京：中華書局，1997。

以所持皆爲常識，不過經驗之談，不足一論；或則以所論至簡至省，遂歸爲一隅之理論，皆未能重視、洞察其於中國詩歌聲律的關鍵意義。洛地著《詞體構成》，所持律句理論與啓功接近，表述略有不同，迨始以相類理論觀念研究文學，所得頗能引人側目，可以預見此一理論在文學研究和實踐領域的廣闊前景。

關於啓功先生的貢獻，下文將作詳細討論。

第二節　三家律句觀念比較：王士禛、王力、啓功

以近代而論，清初王士禛刊布詩律首論之作《律詩定體》，1958年王力出版詩律通論之作《漢語詩律說》，1976年啓功發表聲律總結之作《詩文聲律論稿》，這三部書代表各自時代詩論家之基本律句觀念，最能見出律句觀念之演變更替。茲以三部書爲線索，對比探討近代律句觀念之流變情況。

一、三家律句觀念

爲節省篇幅，茲以表格形式顯示三家律句觀念之異同。

表2－1　三家律句觀念異同

	王士禛	王力	啟功
理論上是否提出統一律句概念	否	否	是
所論律句適用範圍	古詩、律詩	詩、詞、曲	詩、詞、曲、文
所論律句涵蓋的句式	五言、七言	三言至九言	一言至九言
基本律句觀	經驗上	經驗上，但有體系化傾向	理論嚴密
對「二四六分明」的認識	認同，停留在經驗階段	矛盾，試圖解釋但仍停留在經驗階段	理論上認同
對「一三五不論」的看法	限制性採用，批評	限制性採用，批評	限制性採用，贊同，有深刻理論探討

對「孤平」看法	未提出過孤平概念，但實論孤平；認同孤平有條件爲病	提出孤平定義，認同孤平無條件爲病，但解釋與定義有矛盾	獨特孤平觀，孤平有條件爲病
「拗句觀」	經驗上	寬鬆拗句觀——提出「拗」的概念及分類，但議論頗有漏洞。	嚴格拗句觀——以竹竿律爲衡量標準
對詩體與律句關係的看法	認同詩詞講平仄	認同詞是律化的長短句	詩詞曲律句一體觀

下面對三家的律句觀念作細緻分析。

（一）基本律句觀

王力的律句觀仍屬經驗範疇，但較王士禎已顯體系化。其主要觀點有兩條。（1）拈出五七言各四種完美格律的句式作爲律句，餘皆視爲甲、乙、丙三種不同級別的拗句。〔註 29〕（2）比附五七言論其他言的律句：「從一字句至十一字句，平仄都有一定……律句就是普通的詩句，例如仄仄平平仄，拗句就是古風式的句子，例如仄平平平仄。非但五言七言有律拗之別，連三言四言六言也有律拗之別，三言等於五七言的下三字，所以平平仄和平仄仄是律，仄平仄和仄仄仄是拗。四言等於五七言字的上四字，所以仄平平仄、平平平仄，平平仄仄和仄平仄仄是律，平仄平仄和仄仄仄仄之類是拗。六言等於七言的下六字，所以仄仄平平仄仄是律，平平仄平平仄之類是拗，平腳的句子由此類推。」〔註 30〕

啓功的律句觀呈現出高度的理論化。他以「竹竿律」和「竹竿三字腳」衡定所有句型的合律與否，具體而言，則運用「竹杆律」分別截取各言律句：（1）從竹竿上截下三五七言律句各 4 類〔註 31〕：×○

〔註 29〕王力：《漢語詩律學》，上海：上海教育出版社，1962 年新版，頁 74，6-8 近體詩——平仄的格式一節。

〔註 30〕王力：《漢語詩律學》，上海：上海教育出版社，1962 年新版，頁 582～583，第 41-2 條。

〔註 31〕啓功：《漢語現象論叢・詩文聲律論稿》，北京：中華書局，1997，

〔×○（○○○）〕。(2) 從平仄長竿上截出四言律句 4 類，第一字不論得 8 種〔註 32〕：×○○○。(3) 從長竿上截出六言律句 4 類，第一三字不論得 16 種〔註 33〕：×○×○○○。(4) 以上各類中去掉孤平類即爲律句，並作律句總表〔註 34〕：{×○〔(×○○○)}○〕。啓功的律句觀非常透徹簡明。

（二）對「二四六分明」的態度差異

「二四六分明」觀念蘊含著三個次級的觀念：(1) 詩節觀：對節奏和頓的認識；(2) 平仄觀；(3) 平仄交替律、平仄、平仄交替觀念。

王力認爲，「事實上，一三五不一定可以不論，二四六不一定要分明」，表明他的態度實際上處於矛盾狀態，試圖解釋卻仍陷入經驗爲先的圈套。其態度可分從兩個方面理解。(1) 基本認同兩字節——王力認爲，「依近體詩的規矩，是以每兩個字爲一個節奏，平仄遞用」〔註 35〕；「如果我們的設想不錯，平仄遞用也就是長短遞用，平調與升降調或促調遞用」〔註 36〕；「漢語近體詩中的仄仄平平乃是一種短長律，平平仄仄乃是一種長短律」〔註 37〕。(2) 矛盾——「二四六正當節奏點，本不應當用拗。但是，有兩種特殊形式是可以用拗的；此外，有些詩人不甘受律句平仄的拘束，或故意求取高古的格調，也喜

頁 183，表二《律句二四六字關係表》。

〔註 32〕啓功：《漢語現象論叢·詩文聲律論稿》，北京：中華書局，1997，頁 221，表三《四言兩節合律句式表》。

〔註 33〕啓功：《漢語現象論叢·詩文聲律論稿》，北京：中華書局，1997，頁 223，表五《六言三節合律句式表》。

〔註 34〕啓功：《漢語現象論叢·詩文聲律論稿》，北京：中華書局，1997，頁 229，《七五六四言律調句式總表》。

〔註 35〕王力：《漢語詩律學》，上海：上海教育出版社，1962 年新版，頁 7，導言——韻語的起源及流變——平仄和對仗，第 2-2 條。

〔註 36〕王力：《漢語詩律學》，上海：上海教育出版社，1962 年新版，頁 7，導言——韻語的起源及流變——平仄和對仗，第 2-4 條。

〔註 37〕王力：《漢語詩律學》，上海：上海教育出版社，1962 年新版，頁 7，導言——韻語的起源及流變——平仄和對仗，第 2-5 條。

歡在節奏點用拗」〔註 38〕；「這裡所謂平仄上的特殊形式，指的是五言 b 式的第四字或七言 b 式的第六字該仄而平，和五言 a 式的第四字或七言 a 式的第六字該平而仄。因爲五言的第四字和七言的第六字是重要的節奏點，平仄不合，似乎是大大的違犯了平仄的規律，不合『二四六分明』的口訣，所以我們稱爲平仄上的特殊形式〔註 39〕……這種特殊形式多數用於尾聯的出句，這也是詩人的一種風尚〔註 40〕」；「此種特殊形式，一般人都認爲『拗句』（有些人甚至僅僅承認這是『拗』，除此之外不稱爲『拗』。）談拗救的人，自然也把它認爲本句拗救……但是，如果『拗』的意義是『違反常格』，則是否該稱爲拗尚有問題；因爲這種形式常見到那樣的程度，連應試的排律也允許用它……實在不很應該認爲變例（叫做『特殊形式』也是不得已的）。它竟可認爲 b 式的另一式，『平平平仄仄』和『平平仄平仄』是任人擇用的。不過，在另一個觀點上，也可認爲『拗』：近體詩的出句和對句本該是平仄相對的，尤其是節奏點；現在出句的第四字和對句的第四字（七言則爲第六字）都是平聲，就該算不合常規，也就可以叫做『拗』。如果要叫做『拗』的話，我們建議叫做『特拗』」〔註 41〕。

啓功則在理論上對「二四六分明」持認同態度，認爲「『二四六分明』這句雖未能說明怎樣分明，但還算沒有錯誤」。具體而言則有一下三點：（1）在平仄觀上他認爲「平和仄（揚和抑）是漢語聲調中最低限度的差別，也可以說是古典詩文聲律中最基本的因素」〔註 42〕，

〔註 38〕王力：《漢語詩律學》，上海：上海教育出版社，1962 年新版，頁 90，條 7-12。

〔註 39〕王力：《漢語詩律學》，上海：上海教育出版社，1962 年新版，頁 100，條 9-1。

〔註 40〕王力：《漢語詩律學》，上海：上海教育出版社，1962 年新版，頁 101，條 9-3。

〔註 41〕王力：《漢語詩律學》，上海：上海教育出版社，1962 年新版，頁 107～108，條 9-5。

〔註 42〕啓功：《漢語現象論叢・詩文聲律論稿》，北京：中華書局，1997，頁 170。

「平仄是揚抑，是語音聲調中最概括最起碼的單位，平仄的排列是詩文聲律最基本的法則，而選用陰陽聲，分別上去入，則屬於藝術加工的範疇」〔註 43〕；（2）在詩節觀賞他認同「兩字一『頓』」，提出詩文「兩字節」「平節」「仄節」概念〔註 44〕，「盒蓋可以活動盒底不能活動」觀念〔註 45〕；（3）在平仄交替觀方面他指出，「句中各節，除句腳半節外，都需要間隔錯綜……所以『二四六分明』這句雖未能說明怎樣分明，但還算沒有錯誤」〔註 46〕。

（三）對「一三五不論」的態度差異

對「一三五不論」的看法差異意味著對律句功能認識的差異。

王士禎對「一三五不論」的態度是「限制性採用，傾向於批評」，主要體現在其圖譜八種類型律詩及說明上。他的觀點分開來講有 3 條：（1）七言第一字可完全不論；（2）五言第一字（即七言第三字）遵循 A.「仄可換平」B.平不宜換仄，尤其是當「平平仄仄平」在雙句位置上（堅決否認偶句位置的孤平；但不否定奇句位置的孤平）；（3）五言第三字（即七言第五字）全部規定平仄，效果與啓功的完美三字腳略同（八種律詩 64 處中 44 處皆嚴格規定必不可易）；稍寬規定如下：仄可換平；不容平換仄形成三仄腳（即：平平仄、仄仄平、仄平平、平仄仄＞平仄平、平平平＞仄平仄＞仄仄仄）。歸納起來講則概括為兩句話：一是一不論三可寬五必嚴；二是可寬處「平不宜換仄」。

王力的態度和王士禎差不多，但他作出了更為細緻的說明：（1）

〔註 43〕啓功：《漢語現象論叢・詩文聲律論稿》，北京：中華書局，1997，頁 172。

〔註 44〕啓功：《漢語現象論叢・詩文聲律論稿》，北京：中華書局，1997，頁 182。

〔註 45〕啓功：《漢語現象論叢・詩文聲律論稿》，北京：中華書局，1997，頁 182。

〔註 46〕啓功：《漢語現象論叢・詩文聲律論稿》，北京：中華書局，1997，頁 183。

「七言詩句的第一字（頂節上字）的平仄，無論在任何情形下，都是可以『不論』的。因爲它距離句尾最遠，地位最不重要，既不在節奏點上（二四六各字則在節奏點），而五言詩句裏也沒有任何字和它的地位相當」〔註 47〕。(2)「五言詩句第一字和七言詩句第三字（頭節上字）的平仄，除 B 式外，可以不論」〔註 48〕；「但是，在 B 式詩句裏，如係五言，第一字的平仄必須分明；如係七言，第三字的平仄必須分明。換句話說就是 B 式的頭節上字必須依照規定，限用平聲，也就是：1.五言的『平平平仄仄』不得改爲『仄平仄仄平』；2.七言的『仄仄平平平仄仄』不得改爲『仄仄仄平仄仄平』。如果近體詩違犯了這一個規律，就叫做『犯孤平』。因爲韻腳的平聲是固定的，除此之外，句中就單剩一個平聲字了。孤平是詩家的大忌」〔註 49〕。(3)「五言詩句第三字和七言詩句第五字（腹節上字）的平仄，以依照平仄格式爲正例，不依照平仄格式爲變例。」〔註 50〕

啓功對「一三五不論」則採取了「限制性採用，贊同」的態度，他提出「一三不論五必論」，且對此有深刻理論探討。啓功認爲：(1)「有人由於看到盒蓋可以活動，盒地底不可以活動的現象，便創出『一三五不論，二四六分明』的歌訣來。這種歌訣的說法，似是而非，因爲不能專因盒蓋能換而影響全局的和諧，所以一三五的能換與否，是有條件的，不是任何句式中都可以不論的。從……可以看出，一三有不論的，但 B 式句的三因怕四成孤平，就仍須論，五則沒有不論的了。」〔註 51〕(2) 提出各節寬嚴論「五七言律句是上部寬而下部言，最寬

〔註 47〕王力：《漢語詩律學》，上海：上海教育出版社，1962 年新版，頁 84，條 7-4。

〔註 48〕王力：《漢語詩律學》，上海：上海教育出版社，1962 年新版，頁 84，條 7-5。

〔註 49〕王力：《漢語詩律學》，上海：上海教育出版社，1962 年新版，頁 85，條 7-6。

〔註 50〕王力：《漢語詩律學》，上海：上海教育出版社，1962 年新版，頁 88，條 7-9。

〔註 51〕啓功：《漢語現象論叢・詩文聲律論稿》，北京：中華書局，1997，

於發端而最嚴於結尾」〔註 52〕，倡導竹竿「三字腳」，以解決「五則沒有不論的」問題〔註 53〕。

（四）「孤平」觀

三家對「孤平」的認定和解釋深淺不盡相同。

王士禎未提出過孤平概念，但實論孤平；認同孤平有條件爲病，視位置而定。他認爲「五律，凡雙句二四應平仄者，第一字必用平，斷不可雜以仄聲，以平平止有二字相連，不可令單也。其二四應仄平者，第一字平仄皆可用，以仄仄仄三字相連，換以平韻無妨也。大約仄可以換平，平斷不可換仄，第三字同此。若單句第一字，可勿論。」〔註 54〕

王力進一層，提出孤平定義，認同孤平無條件爲病，但解釋與定義有矛盾。王力的具體觀點是：「1、五言的『平平仄仄平』不得改爲『仄平仄仄平』；2、七言的『仄仄平平仄仄平』不得改爲「『仄仄仄平仄仄平』。如果近體詩違反了這一個規律，就叫做『犯孤平』。因爲韻腳的平聲字是固定的，除此之外，句中就單剩一個平聲字了。『孤平』是詩家的大忌。」〔註 55〕

啓功則持獨特孤平觀，認爲孤平有條件爲病。他認爲：（1）「律句中忌『孤平』，是從來相傳的口訣，但沒有解釋的注文，也沒有說哪個字的位置例外……「孤平」實指一平被兩仄所夾處」；（2）「除了五言 B 式句外，無論五言、七言的首字，都可以更換。這是因爲句子的發端處限制教寬。只有五言 B 式句首字不能更換，是因爲它如換用仄聲，則下邊一子便成爲兩仄所夾的『孤平』，聲調便不好聽」

頁 182。

〔註 52〕啓功：《漢語現象論叢·詩文聲律論稿》，北京：中華書局，1997，頁 189，論律句中各節的寬嚴。

〔註 53〕啓功：《漢語現象論叢·詩文聲律論稿》，北京：中華書局，1997，頁 185。

〔註 54〕王士禎《律詩定體》，頁 113。

〔註 55〕王力：《漢語詩律學》，上海：上海教育出版社，1962 年新版，頁 85。

〔註56〕；(3)「四言的B2和六言的B2、B3（分別指的是「仄平仄仄」「平仄仄平仄仄」「仄仄仄平仄仄」三句式——筆者注)，因有孤平，也不夠嚴格的律句。」〔註57〕從啓功的提出概念來看，「仄平仄仄平平」「仄平仄仄仄平」「仄平仄仄平平仄」「仄平仄仄仄平平」皆孤平，但啓功不以爲不合律，只是指爲不夠嚴格，這比王力要顯得靈活。另外，啓功提出的孤平觀涵蓋了四言、五言、六言、七言等更廣泛範疇。

(五)「拗句觀」：王力的「寬鬆拗句觀」和啟功的「嚴格拗句觀」

王士禎的拗句觀體現在初步的律句分級觀念和複雜的拗救實踐上。主要表現有以下五條：(1) 認爲「平平仄仄平」爲律句，「仄平平仄平」爲拗律句，「仄平仄仄平」則古詩句。體現出了初步的律句分級概念。(2) 認爲「平平仄仄仄」在下句爲「仄仄仄平平」條件下爲律詩常用，不落調；但「仄平仄仄仄」爲落調。(3) 提出多種拗救實例。但觀念不清晰。(4) 認爲「一三五不論」有誤導。(5) 所舉律詩多拗句，有凡拗必救，拗句無防律詩的觀念。王士禎「拗句觀」完全是經驗的雜燴。

王力持「寬鬆拗句觀」，論及律詩「拗」的概念及分類，但議論頗有漏洞。〔註58〕其主要觀點有兩條。(1) 認爲除四種完美律句外，均爲拗句。(2) 提出拗的類型：一三五位置的三種拗和二四六位置的拗。

啓功持「嚴密拗句觀」，以「竹杆律」和「孤平」作爲衡量拗句標準。其觀點主要有三條。(1) 提出凡不符合從四種竹竿上截下來的

〔註56〕啓功：《漢語現象論叢‧詩文聲律論稿》，北京：中華書局，1997，頁177。

〔註57〕啓功：《漢語現象論叢‧詩文聲律論稿》，北京：中華書局，1997，頁226。

〔註58〕王力：《漢語詩律學》，上海：上海教育出版社，1962年新版，頁90，條7-10論律詩「拗」的概念及分類。

各類句式即爲拗句。（2）提出符合從四種竹竿上截下來但在獨特位置犯孤平的句式也是拗句。（3）不認同王士禎等的「拗律句」，概歸之爲拗句。

（六）對詞與律句關係的看法

王士禎基本認同詞用律句，認爲「詩但論平仄清濁，詩餘亦然。惟元人曲，則辨五音，故有中州韻、中原韻之別」〔註59〕。

王力也認同詞用律句。他對詞提出概念即是「一種律化的、長短句的、固定字數的詩」〔註60〕。他對於律句和詩體的認識主要可從以下一段話窺見：「從一字句至十一字句，平仄都有一定。詞的句子，就平仄方面說，大致可分爲兩種（「律」「拗」只取便陳說，沒有深意）。律句就是普通的詩句，例如仄仄平平仄，拗句就是古風式的句子，例如仄平平平仄。非但五言七言有律拗之別，連三言四言六言也有律拗之別，三言等於五七言的下三字，所以平平仄和平仄仄是律，仄平仄和仄仄仄是拗。四言等於五七言字的上四字，所以仄平平仄、平平平仄，平平仄仄和仄平仄仄是律，平仄平仄和仄仄仄仄之類是拗。六言等於七言的下六字，所以仄仄平平仄仄是律，平平仄平平仄之類是拗，平腳的句子由此類推。大致說起來，唐五代詞差不多全是律句，宋詞則往往律拗相參。詩在古風裏的拗句是隨意的，而詞中的拗句卻是規定的。」〔註61〕

啓功持詩詞曲律句一體觀，對於詩、詞、曲用律句基本上使用同一標準看待，這是啓功最爲理論化的地方。他認爲「詞、曲的平仄句式，和前邊幾章所談的各種律句一樣。但詞、曲都是入樂的，所以其中有受到樂譜限制的句式。常見……更有特殊的地方，必須

〔註59〕《清詩話・詩友傳燈錄》，頁137。

〔註60〕王力：《漢語詩律學》，上海：上海教育出版社，1962年新版，頁509，條36-3。

〔註61〕王力：《漢語詩律學》，上海：上海教育出版社，1962年新版，頁582～583，條41-2條。

用拗句。如此等等，都屬於特定句式。但一般只論平仄的普通律句，究占絕大多數的」〔註 62〕。啓功的論述既保持了內在的一致性又富有層次感。

二、三家律句觀念的演化

從上表及論述，可以看出三百年來律句觀念的巨大變化，約略有以下幾點。

（一）律句觀念涵蓋的文體範圍逐漸擴大。

王士禎尚只能就詩論律句，依據的是經驗；王力已經論詞和曲的律句，依靠的是比附的方法；而啓功則從邏輯上，將律句範圍擴大到了所有詩文，眞正使漢語律句具有了普遍意義。

（二）律句觀念涵蓋的句式對象亦逐漸擴大。

王士禎只能就詩歌論五七言，王力依據比附的方法論及詞曲的一至九言律句，啓功則依據邏輯的方法拋開文體備論一至九言律句。啓功最終完成了對漢語詩文律句所有形式的理論概括。

（三）律句觀念由經驗走向理論，由繁複走向概括，由蕪雜走向簡潔。

王士禎並無明確律句概念，只談各種合律與拗救；王力以三四六言比附五七言，關注對象擴大了，討論卻走嚮明晰化和類化，以五言完美律句爲核心，其他皆定爲拗，漸次討論詩、詞、曲各種句式的律和各種層次的拗，理論上給人一種通貫嚴明的感覺；至啓功，則高屋建瓴，淘沙揀金，次第考察律句的平仄、節、平仄交替、三字腳，拈出平仄竹竿律統帥所有律句現象，直入律句本質。律句觀念從二王到啓功，關注的範圍是空前擴大了，得到的結論卻空前簡潔了。

〔註 62〕啓功：《漢語現象論叢・詩文聲律論稿》，北京：中華書局，1997，頁 230，詩文聲律論稿篇第十二章「詞曲中的律調句」。

（四）對具體律句現象的看法，如一三五不論、二四六分明、孤平、拗句、拗救等，也隨著律句觀念的深化而逐漸走向深入，漸趨於理性與客觀。

王士禎的看法可以說完全是經驗上的歸納；王力則開始對大量歸納的經驗進行理論分類並嘗試解釋，他以節奏點解釋一三五的不論，以長短律解釋二四六的分明，以更明白的方式提出孤平概念，以更果斷的態度區分律拗，對拗句進行詳盡的歸類和討論等等，其歸類雖未必妥當（如對律拗），其解釋雖未必盡正確（如長短律），但比之晚清，其看法無疑更深入一層，其認識無疑更具有客觀價值；而到了啓功，則是以一種理論大家的態度來剖析格律規律，得到諸如一不論三有條件五必論、二四六務必分明、孤平實指兩平夾一仄等更符合實際更精到的結論，其對具體律句現象的看法無疑在王力的基礎上又前進了一大步。

（五）對律句本質的認識，發生了飛躍。

王士禎談不上對律句本質有什麼認識；王力則以「長短律」解釋律句的本質，提出平仄遞變的規律；至啓功又發生了變化，以「揚抑律」來解釋律句的本質，並提出雖然通俗卻極具理論穿透力的「竹竿律」。王力和啓功的認識顯然比王士禎要高明許多。

至於王啓二人究竟誰更接近事實，尚須進一步研究。據朱光潛《詩論——中國的四聲是什麼》篇對四聲的討論，則關於聲調的性質當時並無定論〔註63〕。則啓功的選擇，以含混的聲律效果「抑揚」作爲理

〔註63〕參看朱光潛：《詩論》，安徽教育出版社2006年第2版，頁148～152。其主要內容爲——

所謂平上去入到底是長短，是高低還是輕重的區別呢？……先說長短……據劉復的《四聲實驗錄》……據高原的研究……結果可以告訴我們兩件事：第一，同是一聲，各地長短不一；第二，許多測量結果相衝突，可見聲音的長短不易測量，四聲的長短比例至今還是沒有解決的問題。依這樣看，四聲雖似爲長短的分別而實不盡是長短的分別，因爲四聲的長短並無定量。次說高低。四聲有高低

論基礎，避開了長短、輕重等爭論，在他的那個年代，似較爲明智。然啓功的說法，亦須商榷。近十年來關於聲調和平仄本質的研究，正成爲一個熱點。下文將據此背景對平仄本質作語音學上進一步探討。當然，啓功的抑揚「竹竿律」具有理論上的優越性，更簡潔完美，更便於運用和實踐，則是不爭的事實。

第三節　律句觀念深層分析（上）　聲調的本質

聲調性質，已有定論。但其理解，常致混亂。

一、當代研究結果

作爲漢語語音的特殊現象，聲調的研究一直是中外漢語語音學的

的分別，從前人似乎都忽略過去。近代語音學者才見出它的重要。劉復以爲高低是四聲最重要的分別，甚至於是唯一的分別。他說「我認定四聲是高低造成的……我們耳朵所聽見的各聲的區別，只是高低起落的區別；實際上長短雖有區別，卻不能算得區別。」至於輕重，他認爲與四聲絕對無關……最後說輕重。從前人分別四聲，大半著重輕重或強弱的標準。最早關於四聲的解釋當推唐釋神珙所引《元和韻譜》的話：平聲者哀而安，上聲者厲而舉，去聲者清而遠，入聲者直而促。流行的四聲歌訣也說：平聲平道莫低昂，上聲高呼猛烈強，去聲分明哀遠道，入聲短促急收藏。按這段話的語氣，似都以平去較輕、上入較重。顧炎武在《音論》裏說：其重其急則爲入爲上爲去，其輕其遲則爲平。依這一說，則三個仄聲都比平聲較重。近人王光祈則以爲「平聲強於仄聲」。(《中國詩詞曲之輕重律》)否認四聲與輕重有關的也有人。據高元的研究，輕重在江蘇七聲上特別重要，在其他區域影響甚微。劉復在《四聲實驗錄》則絕對否認強弱或輕重與四聲有關。他的理由是……這話似有語病……就大體說，發四聲時所出的力有強弱，所得的音自然有輕重之分。讀上去二聲似比讀平去二聲費力，所以較重，如《元和韻譜》所指示的。不過這還是臆測……還有待精細的測驗去斷定。總之，四聲雖似有輕重的分別，而輕重的比例仍是問題。高元謂四聲爲「在同一聲（子音）韻（母音）中音長、音高、音勢三種變化相乘之結果」。就目前而論，這也許是四聲最妥當的定義。不過這個定義對於詩音律研究有多大的價值，殊爲問題，因爲各聲的音長、音高、音勢都沒有定量，而且隨時隨地更動……平與仄的分別在哪裏，固爲問題；它們有分別，則不成問題。

核心研究課題。二十世紀的一大批學者如高元、劉半農、趙元任、白滌洲、吳宗濟、林燾、王士元、林茂燦、石鋒等對聲調研究都投入了巨大的熱情。對聲調的理解較之傳統已經取得了突飛猛進的進步。

劉俐李在《漢語聲調論》中將 20 世紀聲調論研究劃分爲四個階段：音高觀階段、音位觀階段、自主音段觀階段、優選論階段。它們分別對應四種聲調觀：音高觀、音位觀、自主音段觀、優選論觀。其中，以劉半農和趙元任爲代表的音高觀是聲調研究的基礎成果，這種觀點主要依賴於將聲調看成是語音的一個相對獨立要素。後期隨著研究的深入，人們發現聲調對於詞調、語調、方言體系等都具有很強的依賴性，因此在音高觀的基礎上，逐漸形成了更爲複雜的聲調觀念。這種較爲複雜的聲調觀念，可以從陸致極《關於聲調理論的探索》一文的概括略窺一二〔註 64〕。

〔註 64〕參看陸致極：《關於聲調理論的探索》，《韓語學習》1986 年第 4 期，頁 23～29。其主要內容爲——

關於聲調的理論，近十多年來，一直是西方語言學界熱烈探討的論題。在語音系統中，聲調究竟處於什麼樣的地位它跟語音的其他成分是怎樣聯繫的？縱觀西方這些年來的爭論，大致有四種觀點：

第一種，認爲聲調是音段的一個特徵。或者更嚴格地說，它是韻母結構中具有「響音」特徵的音段的特徵……聲調被作爲一個區別特徵包含在各個音段主要是元音的一束區別特徵內。

第二種，認爲聲調不是音段的特徵，它是附在整個音節上的，因而是音節的特徵。持這種立場的主要是王士元……

第三種，認爲聲調是語素或語音詞的特徵……最初持這種看法的……發展了這種認識。他們大大強調了聲調的「超音段」性質。

第四種是第三種認識的進一步發展。它認爲，聲調不僅是詞項的一個可分離的部份，而在整個從底層表達到語音表達的派生過程中，聲調始終處於獨立平面的地位。換言之，聲調對於音段序列來說，自成一個平面，跟音段序列構成的平面一樣具有「自主」性。聲調平面內的成分跟音段平面內的成分之間是由「連線」連結起來的，而不是像 Leben 所主張的通過「映像」而合爲一體。並且，在派生過程中，規則可以在不影響各自平面內成分的條件下調整它們之間的連結方式。這就是目前在西方盛行的「自主音段音位學」的理論框架。

……

鑒於聲調對「平仄」與律句探討的重要性，我們以劉半農趙元任先生的音高觀研究成果爲基礎，綜合當代研究，給出以下關於聲調的定義，作爲後文探討的基礎：

聲調是語調系統中的一組音高軌跡（或曰音高走形）。

對這一定義，我們作以下說明。

（一）聲調的本質是音高走向

通俗地講，聲調的本質不是音高，而是「音高走形」，有人又稱「相對音高」（這個還是不準確），在物理學上體現爲「頻形」或曰「調形」。

下面的認識是較準確的認識：

> 字調的表達方式是調形（曲線），功能是表義的；語調的表達方式是調階（基調），功能是表情的。按現在的實驗結果，字調應該包括詞調及短語的連讀變調，在語句中其調型基本上是保持不變的；而語調只是基調（嗓門）的變化，一般對調型是沒有太大的變化的。〔註65〕

漢語是聲調語言。關於漢語聲調的研究，其記載可以追溯到魏、晉、六朝。可以說，我們很早就認識了聲調的超音段性質。從古代的拼音方法「反切」來看，聲調就是附在韻母上的，由反切的下字來代表。近年來我國語言學界對於漢語聲調的探討，一般認爲，「一個有意義的音節就是『聲母十韻母』和聲調的結合體」（歐陽覺亞1979）。進一步分析，漢語的音節有兩大層次構成：超音段層次，由聲調構成；音段層次，由聲母和韻母構成。兩大層次結合成一個統一體。「兩者的重要性至少是同等的」（游汝傑等 1980）。這就是說，聲調主要是音節的音高現象，它是一個音節不可缺少的部份。「漢語的一個音節基本上就是一個漢字，所以聲調也叫字調。」（胡裕樹主編 1979，74 頁）這種認識跟前文所述的第二種觀點基本上是吻合的。

在聲調的表述形式上，是以字調爲獨立單位的，大多採用趙元任先生提出的五度標記法來記錄調值。一般也是從字調出發，進而探討聲調的區別特徵。吳宗濟（1980）就嘗試用「升／降」、「平／曲」、「高／低」三對區別特徵來刻畫普通話的四聲。

〔註65〕吳宗濟《趙元任先生在漢語聲調上的研究貢獻》，《清華大學學報》1996 年第 3 期。

　　它是音節內有區別作用的相對音高，這一相對音高的變化是滑動的，即連續的、漸變的，而非跳動。〔註66〕

傳統關於聲調的定義往往存在問題。如下面的定義：「聲調指整個音節的高低升降的變化，音高的變化決定了聲調的性質。」這個定義就由於含混而容易引起誤解：第一、後半段容易被理解成「不同的聲調就是指不同的『音高』」，這當然是低級錯誤；第二、即使理解爲「音高的變化」或者說「高低升降的變化」，也不準確，就像「速度」和「加速度」的區別一樣，聲調對應的不是「音高變化」，而是類似於「音高變化率」或「音高的相對變化」一樣的東西，聲調只有加上語調背景才能形成所謂的「音高的變化」。所以從物理學的角度看，這個定義至少應該改爲「聲調指字音音高的相對變化，音高相對變化決定了聲調的類型。」

（二）聲調的本質不是音高，並無固定音值或調高

（誤區：聲調有固定調高）

聲調的本質不是音高、調高（頻率），一種聲調的調高是隨著語調系統同步變化的。或者說，一種聲調只有在一種語調系統中才能相對固定其調高。純聲調測試的結果一般只有在加上語調條件下才有意義。傳統「調値」概念很容易引起誤解。

石鋒（1994）清晰地看到了這個區別，並在《實驗音系學探索》提出「聲調格局」和「聲調的聲學空間」概念。石鋒認爲聲調格局就是由一種語言（或方言）中全部單字調所構成的格局：

　　一種語言（或方言）中全部單字調構成一個聲調格局。〔註67〕

他還受聲學元音圖的啓發，提出了聲調的聲學空間的概念：

　　在聲調格局中，每個聲調所佔據的是一個帶狀的聲學空間……只要一條聲調曲線位於這個聲學空間之中，符合

〔註66〕劉俐李《漢語聲調論》，南京師範大學出版社2004年版。

〔註67〕石鋒《實驗音系學探索》，北京大學出版社2009年，頁55。

> 這個聲調的特徵，就不會跟其他聲調相混。〔註 68〕

他還做出了北京話和天津話的聲調聲學空間圖〔註 69〕。但是，由於像作者所認識到的一樣：

> 聲調格局的分析屬於靜態的考察。〔註 70〕

這種靜態考察似乎忽視了「相對調高」中「相對」的共時性含義，沒有意識到造成這種聲調格局存在的本質原因是語調存在，因而其實踐意義受到了削減。

然而當下似乎還有一些討論沒有清晰地認識到這個問題，如下面這段話：

> 語言學界一般把聲調分爲高低型與旋律型兩種漢語的聲調作爲一種典型的旋律型聲調，**除音的高低外，還根據音的升降變化區分聲調**（調類）（林燾、王理嘉，1992：123－124）音／調的高低可以叫做**調高**（pitch-height），而音／調的升降變化就是**調形**（pitch-con-tour）。**普通話的上聲是一個低調，這在學界是得到公認的**。然而，說上聲是低調可以，反過來說低調是上聲就不一定行了。作爲旋律型聲調中的一個，上聲必定還有它的調形特點。中國被試者當然能聽出「11」的「低」來，但調形不支持他們作出上聲判斷也就是說，（低）平不是可以被接受的上聲調形。至於外國人對「11」有明顯的上聲認可趨勢則說明：他們雖然在感知上已掌握了上聲「低」的調高特點，但是卻忽略了上聲在調形方面的要求。**相較於中國人，他們在確認漢語的上聲時，調高的影響大大超過了調形**。
>
> 普通話的**上聲**除了經常被描述爲「**曲折調**」之外，還有「**低平調**」（王力，1979）「**低降調**」（林燾，1979）之說近些年來，「**上聲低平**」說甚至已成爲對外漢語教學領域較爲流行的一種觀點（伊藤敬一，1986；余靄芹，1986；曾

〔註 68〕石鋒《實驗音系學探索》，北京大學出版社 2009 年，頁 60。
〔註 69〕石鋒《實驗音系學探索》，北京大學出版社 2009 年，頁 60。
〔註 70〕石鋒《實驗音系學探索》，北京大學出版社 2009 年，頁 51。

> 金金，2008：254－256）但是，從語音材料及一些發音聲學實驗的研究結果來看，很難觀察到又低又平的上聲（參看 Bradley，1915；劉復，1924：54－56；Howie，1970；石鋒、王萍，2006；楊洪榮，2008；曹文等，2009）。葉莫拉（Yip，2002：22）認爲聲調研究最常遇見的難題就是確定低調到底是降還是平，她提到漢語中的低調有人用「21」來描寫，有人用「22」或「11」Maddieson（1978）把**平調定義爲「一個直平音高變體可以被接受的聲調」**。這個定義很好，也得到了其他專家的認同（Yip，2002：23）（1984）。但是，低平的音高到底能否被接受／感知爲上聲呢？以往對上聲的感知研究，多數以曲折調作爲實驗對象（Shen & Lin，1991；方至、金淩娟，1992；Liu，2004；等等）涉及平調的，僅零星地見諸一些文獻資料，例如林燾、王士元發現「**青天**」的「天」抬高後，有人會將其聽成「請天」，他們把這種情況歸因於聽錯覺類似的還有沈炯（2003）提到的「**班子**」「**板子**」**之變**。此外，在何江（2006）聲調範疇感知的實驗中有 3 個合成的平調，然而何文並未就平調與上聲的性質問題進行探討。**從已公開發表的文獻資料來看，上文提出的問題依舊沒有答案。**〔註 71〕

這兩段話顯示了關於「聲調」性質的諸多誤解。其實，其中所提及的諸多實驗事實和現象大都可以通過將「調高」從「聲調」特徵中去除而得到合理理解，一部份觀點中存在的誤解也可以通過理解「聲調並無固定調高」得到消除。如果沒有透徹理解語調作爲聲調基礎的重要意義，沒有看到「調形」與「調高」的區別，即將物理上的「一定形狀的調」當成「調形」處理了，其解釋上的混亂將是不可避免的。

趙元任曾用「大波浪」加「小波浪」來解釋聲調和語調的關係，又用「代數和」來解釋聲調和語調合成效果。這些說法雖帶有比喻性，但從物理學角度講，是很科學的。實際上，以波形幾何曲線來描述聲

〔註 71〕曹文：《聲調感知對比報告——關於平調的研究》，《世界漢語教學》第 24 卷，2010 年第 2 期。

波的性質及其加成效果，是物理學的常規做法。

（三）聲調的本質更不是音長和音強

聲調的音高本質已由劉半農和趙元任加以實驗證明和理論說明。一個具體聲調（其實仍然是抽象的）雖必然伴隨一定音長、音強，但其本質卻非音長、音強，而是音高走向。在關於「平仄」本質的討論中，諸如「長短律」「輕重律」等說法，其來源大概與對這一條的誤解有關。

如果將音長、音強作爲音段的標誌性特徵，那麼就可以說，聲調與音段相互獨立，具有「超音段」性質（作爲特定概念的音段首先源於無聲調的英美語言系統，其概念內涵並不包括聲調因素，以此判斷漢語聲調，則漢語聲調必然具有「超音段」性質），聲調作爲「超音段」的漢語音節特徵是近年來比較流行的看法。

（四）音高走向的粗略模擬——「五度制調法」

聲調無固定調高，通常的調值標記是取音高走向中相互區別的一組（即同等語調條件下的一組）作爲記錄特徵。記錄聲調特徵的制調法只是一種對聲調「調形」的簡化模擬記錄。

趙元任最早創立了「五度制調法」來描寫不同聲調的調值走向對比。他的方法是：把一條豎線四等分，得到五個點，自下而上定爲五度：1 度是低音，2 度是半低音，3 度是中音，4 度是半高音，5 度是高音。一個人所能發出的最低音是 1 度，最高音是 5 度，中間的音分別是 2 度、3 度和 4 度。一個音如果又高又平，就是由 5 度到 5 度，簡稱爲 55，是個高平調；如果從最低升到最高，就是由 1 度到 5 度，簡稱爲 15，是個低升調；如果由最高降到最低，就是由 5 度降到 1 度，簡稱爲 51，是個全降調。對趙元任發明的記調方法，吳宗濟有高度評價〔註 72〕：

〔註 72〕吳宗濟《趙元任先生在漢語聲調上的研究貢獻》，《清華大學學報》1996 年第 3 期。主要內容摘錄如下——

（五）音高走向在聲律學中的功能不是指向旋律，而是指向旋律趨勢

明確這一點，對於理解中國語言文學甚至藝術形式中與聲調有關的諸多現象都有極爲重要的意義。在這裡，我們可以簡單舉出一些例子。

第一個例子是對永明體和四聲聲律的理解。聲律的主要構成要素是聲、韻和調，其主要特點之一正是通過聲調的配合形成複雜的語音旋律變化。永明體的主要內容與四聲相關，除關注聲、韻外，其主要探索的就是四聲組合形成旋律的各種美學可能和忌諱。

第二個例子是對平仄現象的理解。詩歌通過四聲配合形成複雜的語音旋律走向，如果將四聲二元化，那麼，這種語音旋律走向無疑會

趙先生於1930年在巴黎的國際語音協會I頁A會刊——《語音學大師》上發表了一篇「ASystem of Tone L et ters」（「聲調字母」，亦稱「調符」）的文章，對漢語字調，不論其絕對頻率高低，調域寬窄，人身區別，情緒緊鬆，都能把它「一致化」（規正化）爲五個等級。調符以直杆爲標，在右邊劃上橫線，走勢平曲不等，來代表聲調的高低起伏。據原作者的解釋：（聲調的）某一聲所以爲那一聲，它是相對的，不是絕對的……如果把音高的程序分成『低、半低、中、半高、高』五度就夠了，很少有時候兒得分到五度以上的這麼詳細……聲調這種東西是一種音位，音位最要緊的條件就是這個音位跟那個音位的不混就夠。這個五度符號還可以用數目來表達，由低到高爲「1，2，3，4，5」。用幾個數字表達調勢，如北京的四聲：「55」爲高平的陰平，「35」爲高升的陽平；「214」爲低降陞的上聲，「51」爲高降的去聲。這樣，在調查記音時，可以不用儀器，憑耳聽判斷來定出調級和調型，非常便利。這對於一般語言工作者來説是足夠準確了，而且在印刷中刻就一套調符的鉛字，與漢字同排，也很方便經濟。這套調符是個革命性的發明，把前此西方人記漢字聲調用各種記號加在字頂、用數字綴在字尾，要高明多了。所以此法一出就不脛而走，國外的文章中不但用於漢語研究，即在有些少數民族的語言調查中也有採用的了。用五度值記聲調是否夠用？不一定給與限制，有些場合用三度、四度也都行。最近在美國學者對世界上幾百種語言作過統計，得出的結果是，人類所有的語言其調位的等級沒有超過五度的。這更足以説明「趙氏調符」是放之四海而皆能應用的。

得到簡化而更易於被人掌握，平仄律正是這樣一種詩人用來形成語音旋律的較爲簡單的聲律模式。

還有對詩歌與音樂的關係的理解。詩歌與音樂的關係一直是中國詩歌研究中一個比較頭痛的問題。從詩三百、楚辭與賦、樂府詩歌到宋詞，都涉及大量關於兩者關係的問題，資料繁多，頭緒複雜，而理解混亂。但是，如果我們將聲調的功能本質是「旋律走向」作爲一把鑰匙，我們會發現許多關於「聲」和「律」的複雜現象都可以得到較爲明晰的理解。如「詩言志，歌永言，聲依永，律和聲」。「聲依永，律和聲」是漢語民間歌唱民間器樂的原始特徵，「歌永言」就是歌聲將語言聲調拖長旋律化的過程，「聲依永」說明這一過程中歌聲對聲調旋律走向的依賴性，「律和聲」則說明器樂之聲是對「歌聲」的附和和輔助。「律和聲」中的「和」和的不是旋律，而是旋律趨勢。

還有就是對中國藝術一種獨特門類「詩歌吟唱」的理解。詩歌吟唱是建立在漢語方言聲調的聲律功能基礎上的一門藝術，其本質就是「永」，即聲調歌唱化，也即音高走向或者說聲調趨勢的調值固定化和美化，這個過程包含兩個基本的改造：一、調值固定化；二、旋律化和美化。因此，首先，吟唱是一個動態的過程，不可能有類似現代歌曲的固定曲譜，具有極大的隨意性和創造性——這也是吟唱較之當今歌曲的最大魅力所在；其次，吟唱具有民族性甚至地區性，與地區聲調系統相連，可以說，有多少種方言就有多少種吟唱模式，這既是吟唱的優點又是吟唱的缺點；再次，吟唱的美於不美與語調系統相關，更取決於個人的創造能力。

還有，就是對一些地方戲曲曲調的理解。我們常常感到，地方戲曲曲調與地方語音之間有著某種神秘的相似性和相通性，如河南豫劇與河南方言，陝西秦腔與陝西方言等，黃梅調與安徽話等。各種戲曲往往都帶有極強的方音特點。其實，這種相似性與早期戲曲曲種創生時，戲曲曲調對語言聲調的自然模擬有關。「聲依永，律和聲」是漢語民間歌唱的原始特徵，也是民間戲曲曲調的最初源泉。帶有突出美學效果的聲調旋律走向被民間藝人固定下來，形成了多數地方戲曲的特徵魅力〔註 73〕，甚至一個語言有聲調的民族也會有自己特殊喜好的由聲調音高走向衍生而成的音樂旋律模式。

至於漢語的民間說唱曲藝，更是與聲調旋律化（還有語言節奏化）直接相關。漢語說唱（如現存湖北大鼓）的本質就是方言的節奏化與方言聲調的旋律化與模式化。

總之，理解漢語聲調的美學本質有助於我們深入理解漢民族傳統文化中的詩、歌、曲、說唱曲藝等一系列文藝形式的民族特色。這對於我們創造未來的詩歌曲藝文化也具有巨大的啓發意義。可以說，如果中國的新詩找不到中國作派的旋律模式，中國的歌曲找不到中國特色的歌曲模式，那麼在傳統文化面前，我們固然是數典忘祖，即在世界文化面前，我們也永遠只能是舶來品的自慚形愧的模仿者了。

二、中古聲調的實際情況

中古聲調，僅存概念，「調值」不詳。但從少許資料和近古聲調的模擬可作適當推測。爲了對聲調變化有一個通盤認識，我們對聲調的歷史演變作一個大致勾勒。然後在此基礎上，說明迄今爲止研究得到的中古聲調的具體情況。

（一）關於上古的聲調

關於上古聲調的大概情況，可引用舒志武《從四聲別義看漢語聲調的發展》來說明：

> 討論古聲調問題，也跟討論古聲母和古韻母一樣，要注意時間層次。大致而言，《詩經》時代確實有平上去的不同，入聲因爲韻尾不同，也往往單獨出現。所以江永等人認爲古有四聲；再往上推到諧聲時代，去聲還未獨立成類，

〔註 73〕洛地《詞樂曲唱》以「魏良輔改良崑腔」爲例對我國民間戲曲曲調與方言聲調之內在關係（簡言之，即依方音字聲行腔）有深刻揭示，可以推而言之。參看洛地：《詞樂曲唱》，北京：人民音樂出版社，1995 年版，頁 9～37。

所以段玉裁認爲古無去聲，王力贊成此說，只是把入聲一分爲二，以便解釋後來入聲變去聲的條件，實際上也是三聲說。黃侃主張古無上去二聲，只有平入二聲，用來說明更早的情況，應該是比較合適的。正如本文所分析的，漢語最早只有平聲，入聲也是平聲調，一種特殊韻尾的平聲調，所以實際上只有一個聲調。只有一個聲調就沒有區別意義的功能，實際上也就沒有聲調。陳第「四聲之辨，古人未有」的說法，用來說《詩經》時代的漢語肯定是不合適的，但如果用來說早期的原始漢語，應該是合情合理的。總之，漢語聲調從無到有，從少到多的發展演變過程，就是一個不斷調整完善的過程。〔註 74〕

關於上古聲調的更細緻情況，可以參考王延模《上古聲調研究綜述》的相關歸納〔註 75〕。

〔註 74〕舒志武《從四聲別義看漢語聲調的發展》，《語言研究》2002 年第 4 期。

〔註 75〕王延模《上古聲調研究綜述》，《現代語文（語言研究版）》2008 年 02 期。主要內容摘錄如下——

古音學家對上古音系的研究，在聲和韻的方面都取得了顯著的成績。但在聲調的研究上意見最爲分歧。關於上古有沒有聲調、聲調有幾個、每個聲調的具體調值是怎樣的等問題，難有定論。……古音學的先導吳棫說起，他首先提出了「四聲互用」的觀點……在《毛詩古音考》中……到了清代，顧炎武提出了「四聲一貫」的觀點，他在《音學五書·音論·古人四聲一貫》中……江永在上古聲調的問題上，基本沿襲顧炎武的意見。他在《古韻標準》中說：「四聲雖起江左，按之實有其聲，不容增減……」……戴震對上古聲調的認識和顧炎武、江永大致相同……段玉裁在全面考察先秦韻文的基礎上，明確提出了「古無去聲說」。他在《六書音均表·古四聲說》中說……與段玉裁「古無去聲說」不同，孔廣森提出「古無入聲」說。認爲韻書的入聲字在上古都讀去聲。他在《詩聲類》中……王念孫、江有誥在一開始都贊同段玉裁的「古無去聲說」，後來經反覆研究，都主張古有平、上、去、入四聲……章太炎在《二十一部音準》中說：「古平上韻與去入韻截然兩分：平上韻無去入，去入韻無平上。」認爲古韻可以分爲二類，即平上爲一類，去入爲一類。到了黃侃手裏，他把這個意見更向前發展了一步，並贊成段玉裁的「古無去聲」說，由此得出了古無上去，只有平入的結論。他在《音略》……

（二）齊梁時代的聲調

齊梁時代即有四聲（5 世紀末至 6 世紀初），調名爲：平上去入；調形暫不可考。其資料可見於下：

> 齊永明年間，時盛爲文章，吳興沈約，陳郡謝朓，琅琊王融，以氣類相推轂，汝南周顒善識聲韻約等爲文皆用宮商，將平上去入四聲，以此制韻。（《南史・陸厥傳》，平上去入四聲名稱的最早記載之一）
>
> 約又撰《四聲譜》，以爲在昔詞人，累千載而不悟，而

王力關於上古聲調的觀點可以看作是對段玉裁「古無去聲說」的補充和修正。他在《漢語語音史》中說：「在諸家之說中，段玉裁古無去聲說最有價值。……段氏古無去聲之說，可以被認爲是不刊之論。……我認爲上古有四個聲調，分爲舒促兩類，即：平聲，高長調；長入，高長調；舒聲，促聲；上聲，低短調；短入，低短調。我所訂的上古聲調系統，和段玉裁所訂的上古聲調系統基本一致。段氏所謂平上爲一類，就是我所謂舒聲；所謂去入爲一類，就是我所謂促聲。只是我把入聲分爲長短兩類，和段氏稍有不同。爲什麼上古入聲應該分爲兩類呢？這是因爲，假如上古入聲沒有兩類，後來就沒有分化的條件了。」……周祖謨的四聲說是對清人王念孫、江有誥、夏燮等人觀點的繼承和發揮。清人段玉裁主張「古無去聲說」，近人黃侃又提出「古無上聲說」，周氏於 1941 年發表《古音有無上去二聲辨》一文，專門論證上古不但有平、入聲，而且有上、去聲。周氏在文中指出了段氏「古無去聲說」的論斷之誤，同時又批評了黃侃的「古無上聲說」……綜上所述，我們可以看出在**古音學的初期，人們的意見多半比較含混，既沒有明確表明古無四聲，也沒有明確表明古有四聲，只是籠統地說古人詩歌押韻在四聲上不甚嚴格，因而提出了「四聲互用」「四聲一貫」等觀點。後來隨著研究的不斷深入，古音學家欲求精密，才開始有人懷疑古音的聲調不是四類，或以爲只有「平、上、入」三聲，或以爲只有「平、上、去」三聲，或以爲有「平、上、去、入」四聲，或以爲只有「平、入」兩聲。近年來，關於這個問題的意見就越來越多了**，有人主張上古有四個聲調，分爲舒促兩類；有人主張上古不但有平、入聲，而且有上、去聲等等。但到底哪一個對呢？我們綜合各家觀點，認爲上古的調類在系統上和中古的調類並無不同，上古聲調也是「平、上、去、入」四類。如果要說上古聲調和中古聲調有什麼不同，那也只是在字的歸類上有所不同罷了。當然，有些具體問題還有待進一步的研究和討論。

獨得胸襟，窮其妙旨，自謂入神之作，高祖（蕭衍）雅不好焉帝問周舍曰：何謂四聲？舍曰：天子聖哲是也然帝竟不遵用。(《梁書——沈約傳》)

（三）唐宋時代的聲調

隋陸法言著《切韻》(1947年發表敦煌出土《刊謬補缺切韻》(唐王仁煦著))、宋初的《廣韻》、宋朝的等韻圖《韻鏡》和《七音略》等，反映唐宋實際聲調系統主平上去入四類。據唐《元和韻譜》描述「平聲哀而安，上聲厲而舉，去聲清而遠，入聲直而促」〔註76〕，約略知平上去入分別是平、高升、降、促調。其調形則仍無法詳細確定。

（四）近古聲調

元周德清著《中原音韻》，反映元代共同語聲調系統。其突出特徵爲：平分陰陽，濁上變去，入派三聲。〔註77〕學界一般將這些特徵歸入近代聲調系統範疇，並認爲演變過程始自唐、宋；至元，至少前兩過程已基本完成，後一過程完成與否尚存爭議〔註78〕。

〔註76〕唐西域沙門神珙，大概是唐憲宗（李純）元和（806～820）以後人，音韻學家。他類聚雙聲字，同四聲以疊韻而結合，作《四聲五音九弄反組圖》，序言引及《元和韻譜》，並論四聲讀法。

〔註77〕參見張岩《試論中古聲調及其演變》，《語文學刊》2010年5期。

〔註78〕李麗霞2007年碩士論文《近代漢語聲調的分化研究》對近代聲調情況有詳細描述，可以參看，其主要觀點摘錄如下——

近代漢語語音起始於晚唐五代而成熟於十三、四世紀，跨度較長，本文通過對近代漢語聲調演變的分析，將聲調的演變橫向分爲三個時期：唐宋時期聲調的變化；元代時期聲調的變化；明清時期聲調的變化，縱向分爲三個方面：平分陰陽；濁上歸去：入派三聲。

平分陰陽的迹象：唐宋時代的韻書、韻圖，全濁音與清濁音聲母字的分立雖然仍相當清楚。但此時的一些語言材料，已開始出現全濁聲母消變的蛛絲馬迹。如北宋時，邵雍作《聲音唱和圖》，就將濁音聲母分爲兩類，大體上是以仄聲字配不送氣清音，以平聲字配送氣清音，邵氏將它們標爲「濁」，並不是墨守成規説，而是反映了全濁音消變的起始階段。我們知道陰、陽的分化是以聲母的清濁爲條件的。聲調由於受到聲母清濁的影響而分化爲陰、陽。結果在平聲中分爲陰平、陽平兩類。到了元代周德清的《中原音韻》首次提出「平分陰陽」，平分陰陽的事實顯而易見，是周氏按照實際語音加以區分的，大家都肯定這一事實，認爲這是周氏的創舉。

濁上歸去的萌芽：中晚唐時代的詩歌已表現出濁上歸去的萌芽，唐末李涪《刊誤——切韻》的一段話也是濁上變去的有力證據，北宋初年邵雍的《皇級經世——聲音唱和圖》中，我們也可以發現「濁上變去」的蛛絲馬蹟。宋人張麟之在《韻鏡》卷首的序例中寫有「上聲去聲字」一節，曰：凡以平側呼字，至上聲多相犯，(如東同皆繼以董聲，刀陶皆繼以禱聲之類)，古人制雲韻間取去聲字參入上聲者，正欲使清濁有所辯耳（如一董韻有動字，二十二浩韻有道字之類矣)。這些字在古代韻書（如《廣韻》）中列於上聲，但在宋時的實際語音中已變爲去聲。這更進一步證實了全濁上聲字變爲去聲的過程。元朝泰定年間，周德清的《中原音韻》首次將全濁上聲字歸入去聲，於是目前的音韻學研究者便都認爲漢語全濁上聲變去聲這一重大的聲調變化，是元代完成的。眾所周知，語音的發展是漸變的「任何一項語音變化，特別是比較重大的變化，不可能是一朝一夕的事情。濁上歸去見於《中原音韻》，並不等於這一變化就完成於《中原音韻》問世的那個時代，更不能說這種變化是產生於那個時代、並在短時期內完成的」

入聲消變的軌跡：入聲消變問題在宋代反映比較突出。從《七音略》把入聲鐸、藥兼承陽、唐和豪、肴之後，就被看作是入聲消變的開始。入聲承陰聲韻最早的記載是十一世紀邵雍《皇極經世·聲音唱和圖》，趙宋時的－p，－t，－k 已經變成近乎元音的收聲了。入聲韻與陰聲韻相配，說明入聲韻尾弱化或消失，這是《聲音圖》七個圖最顯著的特點，它和《切韻》系統的陽入相配迥然不同。陰入相配，說明入聲字的韻母已經變得和元音相近或相同了。之後，《四聲等子》、《切韻指掌圖》、《起樹訣》等宋代中晚期韻圖，均以入聲字兼與陰、陽聲相配，表明了此時的入聲韻尾已經發生變化。入聲韻尾的變化暗示二入聲的變化。可以說漢語入聲字的消失，在宋代留下了消變的軌跡，它們經過了主要元音音位合併的過程後分別變異，逐步合流。

「入派三聲」的首次提出：伴隨著入聲韻韻尾的轉化，緊跟著周德清在《中原音韻》首次提出了「入派三聲」，但是周德清在書中模棱兩可的話使得後人對入聲有無這個問題爭論不休，於是很多學者在這個問題上花費了不少心血，或證其有，或證其無。那麼入聲是否眞正派入三聲呢？對此，筆者通過對各家對「入派三聲」的看法，《中原音韻》一書對入聲的歸派，以及同時代的一些材料的分析，認爲李新魁、陸志韋等先生提出的《中原音韻》時代仍然存有入聲的看法是比較客觀的。不論是入派三聲，或是入變三聲都必有一定的物質基礎。《中原之音》的入聲之所以能夠派入平上去三聲，必然是當時的入聲已經具備了賴以分化的三種不同的物質基礎。就客觀條件來說，當時的中原共同語的入聲字已經失去－p，－t，－k 韻近古聲調其調形初可議定。

高航發表於《語言研究》2008年第二期之論文《〈九宮大成北詞宮譜〉各聲調樂字調值擬測》，據曲譜議定聲調，得出結論：

> 曲譜是擬測古聲調調值最好的語料。通過對《九宮大成北詞宮譜》各聲調代表樂字與其他聲調連用情況的統計，得出各聲調的調型走勢是：陰平爲平調，陽平爲升調，上聲爲曲折調，去聲爲降調；相對音高情況是：陰平爲高調，上聲爲低調，陽平和去聲均爲中高調。在此基礎上，擬測出各聲調調值是：陰平44，陽平35，上聲213，去聲53。

張玉來發表於2010第2期《古漢語研究》之論文《〈中原音韻〉時代漢語聲調的調類與調值》，以曲詞韻律度調形，將《中原音韻》所代表的元代共同語的調值系統議定爲：陰平（33）、陽平（35）、上聲（214）、去聲（51）、清入（24）。

兩人所用方法相近，材料不一，得到的聲調調值結論相似，可以參考。

尾，變成收一？的韻尾"因此說「入派三聲」只是一種方便之門，而在實際生活中仍然存在入聲。

入聲的消失：《等韻圖經》中聲調分平上去如四類，無入聲。這是近代官話中（即北京話）清入聲徹底消失的最早記錄，但此時近代共同語仍然存有入聲，因爲在明末時期北京話還沒有上升爲近代漢語共同語的地位，筆者以爲共同語入聲的徹底消失應該是到了《李氏音鑒》。俞敏先生評論《李氏音鑒》時認爲入歸三聲是「最革命的精華」。

濁上歸去的例外：古全濁聲母的上聲變爲去聲，這是普通話語音發展的一條規律。但我們說任何事物的發展、演變都不是絕對的。正如王力先生在他的《漢語史稿》中說：「雖有少數例外，但是全濁上聲的發展規律，是可以肯定的。」我們承認，濁上變去是大部份全濁上聲字演變的趨向，但是這期間還是有不少的古全濁聲母上聲字仍讀爲上聲的，究竟有多少全濁上聲字如此演變呢？它們未變爲去聲的原因又是什麼？其原因應該有以下幾點：（1）受形聲字聲旁和形旁的影響；（2）誤解反切；（3）方言借字；（4）偶然性。（福建師大2007年碩士學位論文，「中文文摘」部份）

（五）小結

從上述各期語音學聲調研究可以看出，各個時期的聲調系統都處於不斷變化之中。**本文研究對象所處時代是唐宋金元，爲中古和近古前期。此一時代，民間聲調正發生較大變化，詩詞用聲大約仍以官方切韻系爲準，故聲調仍分平上去入四類，相對調值暫不可考。**

第四節　律句觀念深層分析（中）　節奏的本質

中古詩歌，以雙音節奏爲準；雙音節的正常重音，推斷爲後重。

一、「雙音節奏點」的存在（這是一三五不論的聲律學基礎）

「雙音節奏點」的存在——「前重」還是「後重」？這是漢語節律學的基礎。「雙音節奏點」的存在具有現代語音學證據。

關於漢語雙音節奏點的存在，我們引用語音學最近研究成果來說明。

史寶輝 2004 年完成博士論文《漢語普通話詞重音的音系學研究》，該實驗研究結果支持「普通話雙音節詞重音在後」的結論。〔註79〕該文基本觀點摘錄如下：

> 本書是針對普通話詞重音所做的一項音系學研究。已有的研究表明，普通話詞重音是一種缺少規律的現象，無論是基於直覺，還是基於聲學實驗的研究，乃至於海外學者基於節律音系學和優選音系學的討論，都沒有能夠很好地把握普通話詞重音的一致模式。
>
> 作者通過對已有音系理論的總結和歸納、與外語（特別是英語）詞重音研究的對比，認爲目前的音系學理論足以對普通話詞重音的規律做出解釋。
>
> 研究採取語音學實驗和音系學解釋相結合的方法，在

〔註79〕史寶輝：《漢語普通話詞重音的音系學研究》，北京語言大學 2004 年博士論文，收錄於 CNKI 優秀博士資料庫。

不重複前人實驗的基礎上，設計和實施了一系列的重音實驗，發現**標誌普通話重音位置的是音強（或能量）**。

對實驗結果的進一步考察發現，普通話的詞重音與英語等語言的詞重音分屬不同的概念，實際上是針對「有聲調」音節的相對輕重而言的，有聲調音節的重讀和輕讀與輕聲音節無關，因爲輕聲音節不參與音步的建立。這樣輕聲音、節就作爲「超節律」成分附著在其左面的音節，而這個音節必然是重讀，以建立**抑揚格的雙音節音步**。

在此基礎上，研究得出了普通話重音指派算法和制約條件相互作用的排序。研究發現，普通話詞重音的規律由以下幾點組成：

1. **兩個有聲調的音節構成一個音步，右面一個音節重讀**；

2. 輕聲音節不構成音步，而是附著在前面一個有聲調音節上；

3. **音步的組成不考慮語法構成因素，因此可以跨詞生成音步**；

4. 邏輯重音或帶有長元音的音節經延長音時可以充當一個音步，並且在時長上也相當於一個音步，這個音節必然重讀。

5. 在較長的詞序列中，重音是有層次的，亦即某些重讀音節會比其他重讀音節更重。這一點往往取決於說話人的邏輯、強調、情感等外在因素，是說話方式問題，不是由語言的內部規律所決定的，因此其位置和數量都不穩定。

鑒於音步可以跨詞生成，上述重音規律已超出了詞重音的範圍，是普通話整個重音音系的規律。（論文提要）

已有文獻一般認爲，普通話是雙音節音步，中心成分在右側（即「輕重式」），但對如何解釋大量存在的其他形式的音步尚無好的方法。馮勝利（1997，1998）承認普通話音步的中心成分在右側，但他認爲兩個音節可以組成一個音步、三個音節也可以組成一個音步（1998：42）。端木三（1997，2000，2004）則認爲普通話音步的中心成分在左側。**本書否定了這些觀點，堅持「雙音節音步，中心成分在右側」的看法**，依照推導音系學的非線性方法提出了普通話重音指派算法，並運用優選音系學的制約條件相互作用方法進行了驗證。（頁 108）

日本早稻田大學吳志剛、楊達 2010 年合作《雙音節聲調組合的輕重音的聽辨現象》，該文總結漢語重音研究結果，重申了「**漢語兩字組的『正常重音』因爲聲學上的表現是『前短後長』，所以是『前輕後重』**」的結論。該文基本觀點摘錄如下：

目前，有關輕重音的問題，大家普遍認爲：

1. 漢語中存在著輕重音問題。（徐世榮：《普通話語音講話》，文字改革出版社，1958）

2. 漢語的重音可分爲詞重音和語句重音兩類。（厲爲民：《試論輕聲和重音》，中國語文，1981 年第一期）

3. 漢語的輕重音與語義有直接的關係。（周殷福：《藝術語言發音基礎》，中國社會科學出版社，1980）

4. 漢語的重音按其程度來劃分共有三種：「正常重音」、「對比重音」和「弱重音」。（趙元任：1968，P35，中譯本 23～27 頁，從音位學觀點看，最好分爲三種重音：正常重音、對比重音和弱重音，並說弱重音就是輕聲。）

5. **「正常重音」是前輕後重**。（吳宗濟、林茂燦：《實驗語音學概要》，高等教育出版社，1989 年。文章中介紹了林茂燦等的研究文章，他們通過調查發現：發音人發得兩字組多數都是後一個音長於前一個音。同樣聽音人在聽辨時，認爲後重的占大多數。詳見 P240～242）

6. 「正常重音」是與發音時的聲學現象有著密切的關係的。有關人在自然狀態下發一組雙音節詞的聲學表現，林茂燦等學者的研究指出：它的聲學現象是：後一個字比前一個字發得更長些、更全些。他們進一步指出：「普通話兩字組正常重音的聲學表現，是哪個字音有較大的時長和較完整的音高模式，而不是有較大的強度。……普通話的不帶輕聲的兩字組的重音，只是大多數或絕大多數後字比前字讀得重一些，聽起來突出清晰一些；也有一些前字比後字重一些，清晰一些。」(同上)

7. 有關人耳的認知問題。一組在正常狀態下讀的雙音節詞，90%左右被聽成是後重。(同上)

綜上説述，人們在對漢語詞的輕重音的多方研究後認爲：**漢語兩字組的「正常重音」因爲聲學上的表現是「前短後長」，所以是「前輕後重」**。〔註 80〕

二、「雙音節奏觀」(這是竹竿律的三大聲律學要素之一)

「雙音節奏觀」的形成和演化，牽繫兩千年來中國詩歌的演變方向。

對於兩千年這樣大尺度範圍內，漢語詩歌節奏的變化情況，新加坡石毓智有一個極透徹的看法：唐前漫長的雙音化過程最終凝成古典詩詞的雙音化節奏，唐以後**漫長的語音輕聲化過程最終撕裂了這種穩定的節奏，導致了古典詩詞形式的崩潰**。這個看法出自他的一篇論文，在國內似乎尚未引起足夠重視。現摘引如下：

語言形式對詩歌體裁演化的影響主要來自兩個方面：一是對業已存在的語言事實的發現和利用，二是語言系統自身的演化。**魏晉南北朝時期學者對聲調的確認和分類，爲後來律詩的平仄格式準備了條件**。關於這一點一些學者已經進行了論述，如郭紹虞等；然而關於第二種因素迄今尚未引起足夠的注意。單憑聲調自身尚無法解釋律詩的韻律格式何以如此。……雙音詞一直都有。郭錫良（漢語史論集〔M〕北京：商務印書館，1997 (P150)）的考察顯示，先秦漢語雙音詞已占 20%左右。他同時又指出，雙音詞的構詞法到公元前 7 世紀開始萌芽，到 2 世紀漸趨完善。隨

〔註 80〕〔日〕早稻田大學，吳志剛、楊達：《雙音節聲調組合的輕重音的聽辨現象》，《第六屆國際漢語教學討論會論文選》，中國社會科學雜誌出版社，2010 年，頁 574。

著語言的發展，雙音詞的數目不斷增加，到中古漢語時獲得了強勁的發展……雙音化趨勢在六朝時期開始加強，它不僅影響到語音、詞彙和語法，而且還影響到詩文的創作。……魏晉南北朝時期雙音化趨勢的迅速發展，使得雙音節成爲漢語的基本韻律單位，這是唐代律詩以雙音節爲基本韻律單位的語言因素。律詩的形成，正是這兩種語言因素相互作用的結果。

唐末及其後的相當長一段時期，漢語的語音系統發生了一個重要的變化，即「輕音」現象的產生。……輕音的出現是漢語語音發展史上的一件大事，它與聲調很不相同，不是依賴音高的旋律格式，而是音強的高低變化，它與那時一批語法標記的產生密切相關，大約產生在 12 世紀前後。……輕聲字與語法的發展密切相關，現代漢語中讀輕聲的語法標記絕大部份都是在宋元時期出現的，主要包括以下各種類型：

1、結構助詞「的」

2、體標記「了」、「著」、「過」

3、複數標記「們」

4、常見的補語和量詞

5、補語標記「得」和可能式的中綴：動＋得／不＋補

6、動詞重疊的第二個音節。

這些新興的語法標記出現的頻率極高，幾乎每句話都不可避免地使用它們。這樣就從根本上改變了漢語句子的韻律特徵。在它們沒有產生以前，每個字都有自己獨立的調值，因此詩歌可以依靠聲調的交錯變換而產生韻律之美。然而輕聲的出現就撕裂了這種靠平仄的律詩的韻律格式，那麼宋以後依照當時活的語言的詩歌創作，就不可能再依循原來律詩的格式了。我們推測，肇端於唐代、興盛於宋代的詞就是順應這種變化而產生的一種新興詩歌體裁詞與律詩的共同之處是都講究平仄，不同之處是，律詩句子的長度是固定的，詞的句子則是參差不齊的。利用較爲

> 自由的句子長度，比較有利於避免不能參與組織平仄格式的輕聲字的出現。關於這一問題還有待於進一步的研究。更爲強有力的證據是元曲的襯字。「襯字」是曲子在曲律規定的字以外爲了表意的需要而增加的字。根據我們的調查（Shi Yuzhi. The effect of grammatical changes onpoetic forms: a study on the paddingwords in the Yuan verses[J]. Journal of The Chinese Language Teachers Associa2tionVol. 35(2000). 1.），元曲中的襯字相當大一部份都是這些新興的語法標記：……**元曲是講究平仄的律詩向完全不講究平仄的現代詩轉變的過渡詩體，雖然它還勉強維持六朝詩歌以來的講究平仄的特點，但是常常被這些輕聲字所「破壞」。……現代詩歌則完全不講究平仄格式，而往往依靠輕重音的對比來構成韻律結構**。其背後的根本原因也是語言的發展。跟宋元時代相比，現代漢語輕聲字的使用頻率高得多，範圍也大得多，因而講究平仄的詩歌創作的難度也隨之大得多。但是，從另一方面看，正是因爲輕聲字豐富，靠輕重音的交替使用而形成的韻律格式就容易的多……現代詩歌中的輕重音使用規律問題，是一個值得深入研究的課題。〔註 81〕

根據這一見解，我們就能理解，在唐宋以後長達一千多年的歷史裏，古典詩詞體繫事實上一直在試圖對抗自然語音的輕聲化變化，而極力維持其「雙音節奏」控制形式，這種對抗使得古典詩詞節奏體系越來越脫離口語形式，而終於在二十世紀轟轟烈烈的白話詩運動面前轟然崩潰。由此，我們也能看出，「雙音節奏觀」能夠統治中國詩歌長達千年之久，它對古典詩詞具有多麼重要的意義。關於雙音節奏的具體表現形式，我們在下文將有詳細探討。

〔註 81〕〔新加坡〕石毓智：《中古的音節演化與詩歌形式變遷》，《學術研究》2005 年第 2 期。

第五節　律句觀念深層分析（下）　平仄的本質

關於平仄，眾說紛紜。自劉半農《四聲實驗錄》〔註 82〕首將聲調納入實驗研究，百餘年來，聲調研究和方言聲調測試成績巨大，聲調本質已獲共識，聲調分合演變也漸有眉目，但詩歌領域的基石——「平仄」現象，仍令理論家困惑不已。爲解釋「平仄」現象，諸家精心設計多種理論，然諸種理論多止於經驗，疏於實驗，難以透徹解釋多層事實。本文欲對圍繞平仄所發生的現象作一全面系統考察，以徹底弄清平仄對於詩歌的本質意義。

一、平仄概念的出現

平仄區分的事實出現較早，今所見最早記錄是《文鏡秘府論·天卷——調聲》引元兢《詩髓腦》遺文之所論「換頭術」，該段文字復現於託名王昌齡《詩格》中，其內容是：

> 詩上句第二字重中輕，不與下句第二字同聲爲一管。上去入聲一管。上句平聲，下句上去入。上句上去入，下句平聲。以次平聲，以次又上去入。以次上去入，以次又平聲。如此輪迴用之，宜至於尾。兩頭管上去入相近。〔註 83〕

平仄概念的出現則相對較晚，今所見最早記錄是唐殷璠的《河嶽英靈集序》，其文稱：

> 或五字並側，或十字俱平，而逸駕終存。

其中所言之「平、側」即後來通常所講的「平、仄」。

二、平仄律的經典解釋——四大假說

20 世紀 80 年代以前，先後出現了解釋平仄現象的四個經典假說，影響深遠。

〔註 82〕劉復：《四聲實驗錄》，上海：中華書局，1924 年。

〔註 83〕〔日〕遍照金剛撰，盧盛江校考：《文鏡秘府論彙校彙考》，北京：中華書局 2006 版，頁 116。

（一）王光祈的「輕重律」

王光祈：

平聲之字，較之上、去、入三種仄聲之字，有下列兩種特色：（甲）在「量」的方面，平聲則長於仄聲。即徐大椿《樂府傳聲》所謂「四聲之中平聲最長」是也。（乙）在「質」的方面，平聲則強於仄聲。按平聲之字，其發音之初，既極宏壯，而繼之延長之際，又能始終保持其固有「強度」。因此，余遂將中國平聲之字，比之於近代西洋語言之「重音」（Accent），以及古代希臘文字之「長音」，而提出平仄之聲，爲造成中國詩詞曲的「輕重律」（Metritk）之說。〔註84〕

劉堯民：

平聲（陰平　陽平）屬於重音；仄聲（上　去　入）屬於輕音。〔註85〕

平聲的性質屬於「重音」，仄聲的性質屬於「輕音」，把輕重兩種聲音雙疊應用在詩歌上，可名爲「複式輕重律」。王光祈著《中國詩詞曲之輕重律》名爲「複突後式」（Doppel=Troehaus）與「複揚波式」（Doppel=Jambus）取其輕重相間，如波狀進行，在聲音上是很動聽的。〔註86〕

反例：

A. 清代著名音韻學者錢大聽《音韻問答》解釋「緩而輕者，平與上也，重而急者，去與入也」；

B. 明朝文人釋眞空在「玉鑰匙歌訣」提到：「平聲平道莫低昂，上聲高呼猛烈強，去聲分明哀遠道，入聲短促急收藏。」

C. 清朝文學家顧炎武在《音論》一書中將「平仄」的概念簡短的說明爲：「平聲輕遲，上、去、入之聲重疾。」

〔註84〕王光祈：《中國詩詞曲之輕重律》，上海中華書局1933年版。

〔註85〕劉堯民：《詞與音樂》，昆明：雲南人民出版社，1982年，頁105列表。

〔註86〕劉堯民：《詞與音樂》，昆明：雲南人民出版社，1982年，頁106。

（二）王力的「長短律」

王力：

2-3 現在咱們要討論的，有兩個問題：**第一，爲什麼上去入合成一類（仄聲），而平聲自成一類？第二，爲什麼平仄遞用可以構成詩的節奏？**2-4 關於第一個問題，咱們應該先知道聲調的性質。**聲調自然以音高爲主要的特徵，但是長短和升降也有關係**。依中古聲調的情形看來，上古的聲調大約只有兩大類，就是平聲和入聲。中古的上聲最大部份是平聲變來的，小部份是入聲變來的；中古的去聲大部份是入聲變來的，小部份是平聲變來的（或者由平聲經過了上聲再轉到去聲）。等到平入兩聲演化爲平上去入四聲這個過程完成了的時候，**依我們的設想，平聲是長的，不升不降的；上去入三聲都是短的，或升或降的**。**這樣，自然地分爲平仄兩類了**。「平」指的是不升不降，「仄」指的是「不平」（如山路之險仄），也就是或升或降。（「上」字應該指的是升，「去」字應該指的是降，「入」字應該指的是特別短促。古人以爲「平」「上」「去」「入」只是代表字，沒有意義，現在想來恐不盡然。）**如果我們的設想不錯，平仄遞用也就是長短遞用，平調與升降調或促調遞用**。2-5 關於第二個問題，和長短遞用是有密切關係的。英語的詩有所謂輕重律和重輕律。英語是以輕重音位要素的語言，自然以輕重遞用爲詩的節奏。如果像希臘語和拉丁語，以長短爲要素的，詩歌就不講究輕重律或重輕律，反而講究短長律或長短律了。（希臘人稱一短一長爲 imabus，一長一短爲 troches，二短一長律爲 anapest，一長二短律爲 danctyl，英國人借用這四個術語來稱呼輕中律和重輕律，這是不合理的。）由此看來，**漢語近體詩中的「仄仄平平」乃是一種短長律，「平平仄仄」乃是一種長短律**。漢語詩律和西洋詩律當然不能盡同，但是它們的節奏的原則是一樣的。〔註 87〕

〔註 87〕參看《漢語詩律學》「導言——韻語的起源及流變——平仄和對仗」

按，王力的原則性失誤：

上文加點部份都可商榷，其失誤的根本在於這句對聲調本質的理解：「聲調自然以音高爲主要的特徵，但是長短和升降也有關係」。實際上，應該是「聲調自然以升降（即音高走向）爲主要的特徵，但是和長短和音高也有關係。」

（三）啟功的「揚抑律」

啟功：

> 平和仄（**揚和抑**）是漢語聲調中最低限度的差別，也可以說是古典詩文聲律中最基本的因素。〔註 88〕
>
> 平仄是揚抑，是語音聲調中最概括最起碼的單位，**平仄的排列是詩文聲律最基本的法則**，而選用陰陽聲，分別上去入，則屬於藝術加工的範疇。〔註 89〕

按：啓功對「**揚抑律**」未作過多解釋，後來鄧國棟發揚此說，從調形予以解釋，主要從「四聲」的音形上分析，認爲平聲平直，上 去入有升有降，平仄相對，調型有「揚」有「抑」，故此說又可稱爲「調型說」。（參見後文）

（四）張洪明「超音段說」

「超音段說」是從「四聲」的「音段特徵」（長短、舒促）和「超音段的特徵」（調型、高低）等綜合分析、歸類，認爲平仄是「漢語近體詩聲律模式的物質材料的調型（平與非平）、音高（低調與高調）及延長性」〔註 90〕。

部份。王力：《漢語詩律學》，上海：上海教育出版社，1962 新版，頁 7。

〔註 88〕啓功：《漢語現象論叢・詩文聲律論稿》，北京：中華書局，1997，頁 170。

〔註 89〕啓功：《漢語現象論叢・詩文聲律論稿》，北京：中華書局，1997，頁 172。

〔註 90〕參見張洪明《漢語近體詩聲律模式的物質基礎》，《中國社會科學》1987（4），頁 20～22。

按：這種理論關注的是聲調與語音其他成分的關係問題，對於擴展人們對聲調功能的理解，有一定幫助，但其本身對四聲特徵的認識卻存在歧見，故其對平仄的解釋也限於誤區。

三、平仄律的當代質疑（幾種典型的平仄觀）

20 世紀 80 年代以後，先後又出現了關於平仄規律的更爲深入的各種討論和質疑，以下幾種是最有代表性的，幾種典型的平仄設計。

（一）王小盾的大膽建議——倡「普通話四聲去聲和非去聲的對立」

我們認爲，如果普通話四聲可以從音響效果止分成兩大類的話，那麼就應該是**去聲和非去聲的對立**，而不是平聲（陰平、陽平）和仄聲（上、去）的對立。換言之，應該以體現了**降和非降對立**的去聲、非去聲兩分法，來取代中古漢語中體現了**平和不平或鬆和緊對立的平仄兩分法**。如果模仿古漢語的平仄命名法，不妨把去聲稱爲「急聲」，因爲它的降落相當急劇。而把非去聲稱爲「舒聲」，因爲它們或者是平調（高平調的陰平，接近低平調的上聲），或者是較平緩的升調（陽平），總之都有舒緩的特點。〔註 91〕

（二）顧昊的仔細澄清——倡「平仄對立的本質即是『平側』」

我們認識到前人在討論平仄時摻進了音長、音高、音重、音強等等東西。自然，這些現象確實是與平仄相關的某些語音構成因素之特點的折射，而同時也與人們的考察角度、思維方式的異別有關。在澄清了與平仄糾纏於一塊的那些似是而非的現象之後，我們方可以觸摸到平仄對立的本質特點。《廣韻》云「**平，正也**」；「**仄，側頃也。**」《廣

〔註 91〕陸丙甫、王小盾：《現代詩歌聲律的聲調問題——新詩宜用去聲、非去聲的對立來取代平、仄的對立》，《天津師範大學學報（社科版）》1982 年第 6 期。

韻》的解釋給我們以很好的啓發，可以使我們對平仄對立的本質特點的認識更趨於準確。平、仄二字在中古的常用義是「平」、「側」，**平仄對立的本質也正是「平側」**，亦即某些語言學者所説的「平，不平。」「平，不平」所以能構成爲平仄的對立，這與古漢語聲調發音時的調形有著密切的關係。平仄之聲，其平聲調形係端平之狀，仄聲之調形或曲或傾或直，皆爲不平之狀，詩文之中，有意識地採用平仄相間相屬的辦法，構成了音調上的波並，形成音律上的迴旋，這就是平仄的美學價値。至於律詩中一般以兩仄兩平相屬相間的現象即「平平仄仄平，仄仄平平仄仄平」，那正如歌曲中的節拍，是造成節奏美的需要而創立的法則，同時，這一法則也很好地反映了漢語詞彙雙音節形式的美學價値，因而能夠成爲漢文律詩的基本規則得到推廣並延續了下來（漢語詞彙所以由最初的單音節形式繼而發展爲以雙音節爲主體形式，除了雙音節形式能使詞彙表義縝密之外，雙音節形式所具有的節奏美則是它的又一重要特點，是它得以存在的重要原因之一。）〔註92〕

（三）葉桂桐的猶豫不決——主「平仄律經歷高低律、長短律、輕重律之歷史演替」

「在開始把四聲歸成兩類的時候，爲什麼不兩兩相對，如平上對去入，平去對上入，平入對上去等，而偏拿平聲和上去入三聲相對呢？」（周法高：《説平仄》）亦即四聲分爲平仄的標準是什麼呢？**平仄在詩歌（包括詞、曲、戲曲唱詞在內）中起作用的主要是長短律呢**？**還是輕重律，高低律，抑或是抑揚律呢**？這些最爲基本的問題，卻迄今眾説紛壇，莫衷一是……似乎不應不予考慮，亦即**平仄之除了首先主要的表現爲高低律**，但是否也具有長短律，輕重律，甚或平曲律呢？就前人對聲調的實際的描述

〔註92〕顧昊：《試論古漢語平仄對立的本質》，《鹽城師專學報》社會科學版，1987年第4期。

來看，當然應該有，但其在依曲塡詞，即近體詩格律之形成中的詳情如何，是很值得進一步探討的。拙作《試論中國詩歌中的平仄》(《載聊城師範學院學報》一九八五年第四期》) 認爲**聲調的平仄在詩歌聲律中的表現是歷史地發展變化的**，決不是凝固的。我現在仍持這種看法。由此我們僅對上述問題提出推斷：近體詩的格式一旦形成，完全脫離了樂曲，人們依據其固定格式撰寫詩歌，講究平仄，這在**開始時當然仍首先重平仄之高低**，但因爲其完全脫離了樂曲，則所謂高低已只是比較而言，於音的聲調之高低已只是較爲籠統之概念，因此節奏的因素，即長短的因素，則不能不日益顯得重要。日漸成習，則**高低律勢必有爲長短律取代之勢**。所以若干語言學家或文學研究專家，斷言近體詩中的平仄律包括長短律，或主要是長短律，不是沒有道理的。而後世詩歌之聲律中，押韻不分平仄，時值較短的入聲消失，音的輕重（或強弱）的地位日漸上升，**輕重律大有取代高低律、長短律之勢，這似乎是一個不可忽視的事實**。要之，聲調，平仄不是凝固的。其大勢似乎如上所述，但詳情則須細考。〔註 93〕

（四）段伶的全盤質疑——主「平仄律非科學的理論」

歷來認爲詩詞的聲律是平仄律但究其含義和成因時，有「**長短説**」、「**輕重説**」、「**抑揚説**」、「**超音段説**」等多說，各持一端；在詩詞實踐中既講「平仄」，又講「四聲」，自相矛盾所以**平仄律**只是**一種感性經驗，還不是科學的理論**。〔註 94〕

（五）鄧國棟的燭幽劈源——倡「古平仄、今平仄、抑揚對立之聲調多元分類」

「四聲說」產生於中古時代，最初指「平、上、去、入」，以前訂名字，這個「平、上、去、入」也是剛好代表

〔註 93〕葉桂桐：《四聲爲什麼分平仄兩類》，《古漢語研究》1997 年第 2 期。

〔註 94〕段伶：《「平仄律」質疑》，《大理學院學報》2009 年第 7 期。

平是平聲，上是上聲，去是去聲，入是入聲。並且，就字義看，平指平直，上指上升，去指下降，入指促收。到了近代，漢語聲調系統發生了較大變化，元人周德清作《中原音韻》，始廢入聲，創陰陽，提出了「陰平、陽平、上聲、去聲」的「四聲」名稱，這四個調名在當時應該是能夠比較準確地表示中原話聲調的實際情況的。可是到了現代，雖然在北京話裏還有陰平、陽平、上聲、去聲四個調類，沒有入聲，但讀起來卻是：陽平一類有升無平，上聲一類先降再升，半上微降而不升，「平」字意思是平直，讀音卻是高升，「上」字意思是上升，字音卻是全降。這就是說，**北京話「四聲」已經與元代的「四聲」大不一樣了，周德清所創訂的調類名稱已經不能準確地表示普通話聲調讀音**了。儘管如此，我們的現代漢語書文還是一直用「陰、陽、上、去」等古代漢語調類名稱。爲什麼呢？原因無非是：一、使人好瞭解古今調類演變的來龍脈，便於類推，二、幫助人們瞭解方言與方言之間的聲調關係。但是，以「陰平、陽平、上聲、去聲」四個調名指稱普通話「四聲」，則勢必要產生兩種截然相反的錯覺：一、一看調類名稱，便誤以爲現代漢語裏平仄等於「陰平、陽平」對「上聲、去聲」，將古平仄與今平仄以及抑揚對立混爲一談；二、一考究普通話「四聲」的實際讀音便會發現教科書中所說的「平仄對立」是沿用已經過了時的舊說，從而斷定現代漢語不便分平仄。權衡利弊，我認爲應該尊重語言事實，以名實相稱爲原則，科學地確定每一個語言學術語。既然現代北京話的聲調讀音已經跟近古時有了質的區別，那麼我們就不應該再沿用《中原音韻》時期的調名指稱現代漢語的調類了。

王力先生認爲「就漢語來說，有了字音就不可能沒有平仄」,『現代新詩如果要運用平仄，自然也只能以現代的實際語音爲標準。』」可見，現代漢語中按理說是應該有平仄的，但這是建立在以北京語音爲標準的基礎之上的平仄。如何重新釐定現代漢語中的平仄呢？我們先來看平仄的本質特徵。**所謂平仄對立，是指聲調音高線平行與斜行的對立**。平聲調形平直，仄聲調形傾斜。平聲發音時聲帶緊張度始終不變，即從某一固定音高出發不斷延展，頻率大小相同，是延時性恒量音高仄聲發音時聲帶緊張度不斷變化，屬於瞬時性變量音高，即頻率量值在不斷遞變中滑行移動。**就平仄的不同特點看，普通話第一聲〔55〕爲平聲，其餘爲仄聲**。要是考慮到語流音變等因素，則不能忽視「仄聲平化」現象。所謂「仄聲平化」，是指有些音節本讀是仄聲，但是實際話語中，由於受語音環境影響，原來的基本調値起了變化，變作平聲。普通話「仄聲平化」現象大致可以分爲四種：（一）第三聲〔214〕在非三聲前讀作〔211〕或〔11〕，基本是個低平調，應該屬於平聲，（二）重疊形容詞後加「的」的，（AA 的，ABB 的），或者後一字兒化加「的」（AA 兒的，ABB 兒的），後面字音不管是那類字調，一律要變作第一聲〔55〕高平調；（三）凡是在三個音節詞或詞組 ABC 中，A 是第一聲或第二聲，B 是第二聲，C 是輕聲外的任何聲調，在一般會話速度的語流中，B 會變成第一聲（高平）；（四）輕聲由於強調作用，有時會拉長時間，變爲平調，如「姐姐」一詞，在較遠距離呼話時，發話者一般要加強語氣，將兩個音節的時值都延長，於是後一音節便會由輕聲〔4〕變作〔444〕，接近高平調。可見，**普通話「四聲」按本調可分爲「一平對三仄」，再加上「仄聲平化」**，界線還是比較清楚的。需要進一步說明的是，**現代漢語所劃分的平仄跟古漢語的平仄內容並不一樣，因此，一個應稱作「古平仄」，一個應稱作「今平仄」**。古平仄的陽平在今平仄中是仄聲，今平仄中的一些仄聲如第三聲等在一定的語音環境中卻會產生「仄聲平化」現象古平仄的入聲雖則派入其他三聲，而今平仄又出現了輕聲，輕聲發音短暫，一般作仄聲，但有時也會平化。

來源於古平聲的普通話第一、二兩聲和源於古仄聲的第三、四兩聲並不構成平仄對立關係但是，在具體的修辭活動中，大多數人並不瞭解這一點，只知「平分陰、陽」，不知「陽平非平」，錯誤地把普通話第一、第二聲當作平聲，把第三、四兩聲當作仄聲，並以此精心選擇與匹配，追求語言的音律美。奇怪的是，運用這種來自誤解的方法竟然十分有效，其文辭既讀來順口，又聽來悦耳，能夠產生音律和諧，起伏有致的修辭效果。這是什麼原因呢？理論研究必須服從語言事實。現在，擺在我們面前的是如何解釋這種客觀存在的修辭現象。我認爲：**普通話第一、二聲跟第三、四聲仍然可以構成對立關係，這種聲調關係雖説是古漢語「平仄對立」的現代形態，但其學術名稱應叫作「抑揚對立」。所謂「抑揚對立」是指聲調音高線上行與下行的對立。**「揚」的字面意思是升高，在音理上，其發聲過程表現爲聲帶由不太緊張漸變作緊張狀態，音高特徵是調末頻率量值大，即調形線指向高音，在聽覺感受上，表現爲高昂、響亮、開放、張揚，「抑」的字面意思是下壓，發聲時聲帶由緊張狀態變作鬆馳狀態，調形末端頻率小，即指向低音，在聽覺感受上，表現爲低沉、收斂、音高衰減、色彩暗淡。平直聲調在「抑揚」中應視其頻率大小決定類屬，高平調末端頻率大，是「揚」調，低平調末端頻率小，是「抑」調，中平調屬於不抑不揚。就現代北京話而言，不存在中平調，所以，第一聲和第二聲是揚調，第三聲、第四聲及輕聲一般屬抑調。第二聲讀作〔35〕，又叫作高升調，是典型的「揚聲」，第一聲讀作〔55〕，調末頻率最值大，也可歸入「揚聲」第四聲讀作〔51〕，調值名稱爲全降調，是典型的「抑聲」，第三聲本調讀作〔214〕，也可讀作〔212〕或〔213〕，調值的基本特點是低音，因此可以歸入「抑聲」第三聲有兩個音位變體，一個讀作〔35〕，一個讀作〔211〕或〔11〕，前者應歸入「揚聲」，後者爲「抑聲」至於輕聲，發聲時間最短，讀來又輕又快，可以看作「抑聲」。由此可見，我們認定普通話聲調存在「抑揚對立」是有充分的音理學根據的。也正是**由於現代漢語事實上存在這種「抑揚對立」，所以，我們的修辭學書文才能夠沿用「平仄舊說」去解釋今天的語言現象**，使人不但承認它作爲一種修辭方式的合理性，而且在教科書中當作「平仄對立」處理，幾乎沒有人意識到有什麼錯誤之處。下面的例子，在一般現代漢語教材中引用率非常高，很能說明問題。〔註95〕

四、平仄現象研究疑難的原因分析

從整個20世紀到現在，關於平仄問題，討論紛紜，迄無定論。爲什麼在聲調性質已有結論的情況下，還會發生這樣混亂的狀況呢？我想，大概有幾個原因。

首先，作爲「平仄」現象基礎的聲調，其本身就具有複雜性。這表現在：

（1）聲調的性質極易產生誤解（最常見的情況是將聲調理解爲「音高」而不是「音高變化」，這在上一節詳細討論過）。

（2）四聲的古今變化太大，上古、中古四聲細節不詳，近古四聲也多只能依據推測。

（3）方言對四聲的影響難以估量。如啓功在《詩文聲律論稿》中所言：

> 在古代韻書創立之後，古代作者按韻書所規定的字音作詩文，我們有書可據，它的韻律是較易考察的；如果古代某作者在某些字上是按他自己的方音寫作的，這用他的方音讀去，可能完全合律，但我們對那位作者的方音掌握不夠時，判斷那種作品是否合律，就較難精確了。〔註96〕

其次，聲調的組合功能即四聲組合功能問題本身極爲複雜，其研究才剛剛起步。四聲的聲律功能本身就是個複雜的交叉學科問題，既涉及整個詩歌經驗，又受制於語音學的基礎研究，歸平歸仄只是冰山之一

〔註95〕鄧國棟：《「平仄」今說》，《咸陽師專學報》1997年第5期。
〔註96〕啓功：《詩文聲律論稿》，北京：中華書局，2002，頁127～128。

角。對四聲詩律功能的性質，特徵、類型、歷史演變等研究目前仍剛剛起步。從語音學研究的現狀看，這種困難更容易得到解釋。劉俐李在《漢語聲調論》中總結20世紀漢語聲調理論研究時說：

> 20世紀漢語聲調的理論認識和研究大致有四個時期。第一個時期是20世紀的二三十年代開始的**關於聲調的自然屬性研究，即聲調是一種相對音高的研究**。第二個時期四五六十年代，**關於聲調的語言屬性的研究，即聲調在音系中的音位歸屬研究**。第三個時期從80年代至今，開始進行**聲調自身構成以及聲調與音段關係研究，即非線性音系學的研究**。第四個時期自90年代中期至今，**開始運用優選論研究聲調組合過程中的制約規則系列**。第一、第二階段的研究成果已成共識，被廣泛接受，目前國內的整體認識集中於此。第三階段的研究正在進行中。第四階段剛起步。〔註97〕

可見，**漢語聲調學雖發展百年，經歷四大階段，逐漸走向深入，但「聲調組合」的研究進入理論家的視野是最近才有的事，其研究才剛剛起步，而「平仄」又恰恰是作爲一種高級別的「聲調組合」現象存在的，其研究得不到來自基礎學科的支持，衆說紛紜，也就不以爲怪了。**

再次，平仄現象與四聲現象是兩個完全不同層面的東西，其性質根本不同，古今都沒有把這個問題講清楚，造成了許多混亂和誤解。如啓功先生注意到這個問題，但是他卻分析說：

> 有人分析某些唐代律詩是分四聲的，宋人某些詞，元、明人某些曲，也是講四聲的。按詞、曲爲了歌唱，不但某些字要講四聲，而且還要講陰陽清濁和發音部位。至於律詩中講四聲的，唐代本來就不多，後世更少人沿用。**在詩文聲律中，只有講平仄而不細拘四聲的，卻不可能有講四聲而不合平仄的**。總之平仄即抑揚，是語音聲調中最概括、最起碼的單位，**平仄的排列是詩文聲律最基本的法則，而**

〔註97〕劉俐李：《漢語聲調論》，南京師範大學出版社，2004，頁17。

選用陰陽，分別上去入，則屬於藝術加工的範疇。

將平仄律作爲四聲律的基礎，四聲律作爲平仄律的深化，這在理論和實踐上都是疑問。「講平仄而不細拘四聲」是可以理解的，當代人作律詩，大約都是這樣做的；「不可能有講四聲而不合平仄的」，這就是疑問，我可以舉出幾個典型的例子來證明「講四聲可以不必合平仄」，首先，永明體講四聲律，它就與講平仄相去甚遠；其次，詞體中爲部份嚴音律學者所津津樂道的一些拗句，其本質就是因爲要講四聲而不合平仄的——如周邦彥的拗句，夏承燾在《唐宋詞字聲之演變》中分析說：

> 清眞片玉一編，承溫、晏、秦、柳之流風，聲容益盛，今但論其四聲，亦前人所未有。樂章集中有嚴分上去者，猶不過十之二三；清眞則除南鄉子、浣溪沙、望江南諸小令外，**其工拗句，嚴上去者，十居七八。**〔註98〕

事實上，作詩有但講平仄的（如一般律詩，一般詞），有但講四聲的，如永明體、周邦彥、方千里、楊澤民、吳文英詞，有講平仄而注意四聲的（如杜甫的某些詩歌、如周邦彥、姜夔等人的部份詞，以及曲中的多數情況），其情形十分複雜。就是同一作家不同情況下，也有忽而講平仄而不講四聲，忽而講四聲而犧牲平仄的，如被大家尊爲格律詞家的周邦彥，其小令如南鄉子、浣溪沙、望江南等，完全不講四聲，只講平仄，而他的一些詞，只是因爲要講四聲，於是便出現了許多不合平仄，後人無法，只能稱之爲拗句，可見四聲與平仄難於兼容。詞家作詞面臨兩難，論家自然更難，《詞律》行文但論「調平仄」而不敢直言「調四聲」，然觀其內容皆爲公認嚴拗句調四聲之論〔註99〕，可以見出理論家在面對「四聲規律」和「平仄規律」時的一般尷尬。

還有，從某個角度來講，平仄的研究最終要納入四聲聲律功能研

〔註98〕《夏承燾集》第二冊，「唐宋詞論叢」，浙江：浙江古籍出版社，浙江教育出版社，頁63。

〔註99〕參看《詞律》發凡「調平仄條」。

究的範疇，而百餘年來新詩的成敗經驗也必然作爲千餘年來舊詩詞成敗經驗的對比系統納入研究者的視野，這樣看來，「平仄」研究的複雜性，就更要遠遠大於我們的預想了。

最後，早期解釋「平仄律」的幾大假說有開風氣之功，影響很大，但是一旦有誤，其造成的影響也很大。

總之，語音的、方言的、現實的、歷史的等各方面原因，將平仄研究變成了一個看似簡單而實極爲複雜的綜合性文化課題。

五、「平仄」的基礎分析

本文不預備去討論上述那樣遼闊的問題，下面只結合前人的認識和基礎語音學的成果，對「平仄」作一個基礎性分析。本文將對「平仄」的討論，簡化爲回答以下幾個問題：（1）「平仄」的歷史內容是什麼（平仄是怎樣劃分的）？（2）「平仄」的詩學功能是什麼（爲什麼要這樣劃分）？（3）「平仄」劃分隨四聲分化發生變化嗎？（4）「平仄」劃分在當代普通話系統中還起作用嗎？（5）從聲律功能角度看，聲調還有其他分類方式嗎？（二元對立思維，其他思維）（6）四聲分類與四聲字的數目有關係嗎？下面我們逐一作簡要分析。

（一）「平仄」的歷史內容是什麼？

「平仄」觀念起源於唐，後代詩詞對平仄字調的選用，亦多遵循唐韻，則對「平仄」具體內容的考察，必以唐人界定爲主。

周法高《說平仄》稱：「平仄聲的得名，源於樂調」、「平聲得名於平調，仄聲（古作側聲）得名於側調。平側聲名詞的成立，大概在唐代。」〔註100〕

較早對平仄界定的資料，有以下幾則：

a. 現存最早「平仄」的記錄：唐殷璠《河嶽英靈集序》「或五字

〔註100〕周法高：《說平仄》，《中研院史語所集刊》第13本，商務出版社，1948。

並側，或十字俱平，而逸駕終存。」〔註 101〕

b. 宋韻書《廣韻》的解釋：「平，正也。」「仄，側頃也。」

c. 中唐文獻《文鏡秘府論》的記載。《文鏡秘府論．天卷——調聲》篇引文：

> 或曰……詩上句第二字重中輕，不與下句第二字同聲爲一管。上去入聲一聲，上句平聲，下句上去入；上句上去入，下句平聲。以次平聲，以次又上去入；以次上去入，以次又平聲。如此輪迴用之，直至於尾。兩頭管上去入相近，是詩律也。〔註 102〕

諸家研究多以此引文出自託名王昌齡的《詩格》，參見盧盛江《文鏡秘府論彙校彙考》第 1 冊頁 112。同書還詳引元兢《詩髓腦》論「換頭術」遺文：

> 元氏曰：聲有五聲，角徵宮商羽也。分於文字四聲，平上去入也。宮商爲平聲，徵爲上聲，羽爲去聲，角爲入聲。故沈隱侯論云：「欲使宮徵相變，低昂舛節，若前有浮聲，則後須切響。一簡之內，音韻盡殊；兩句之中，輕重悉異。妙達此旨，始可言文。」固知調聲之義，其爲用大矣。調聲之術，其例有三：一曰換頭，二曰護腰，三曰相承。一，換頭者，若兢於《蓬州野望》詩曰：飄搖宕渠域，曠望蜀門隈，水共三巴遠，山隨八陣開。橋形疑漢接，石勢似煙回。欲下他鄉淚，猿聲幾處催。**此篇第一句頭兩字平，次句頭兩字去上入；次句頭兩字去上入，次句頭兩字平；次句頭兩字又平，次句頭兩字去上入；次句頭兩字又去上入，次句頭兩字又平：如此輪轉，自初以終篇，名爲雙換頭，是最善也。若不可得如此，則如篇首第二字是平，下句第二字是用去上入；次句第二字又用去上入，次句第二字又用平：如此輪轉終篇，唯換第二字，其第一字與下**

〔註 101〕王克讓：《河嶽英靈集注》，成都：巴蜀書社，2006 年版，頁 1。

〔註 102〕盧盛江：《文鏡秘府論彙校彙考》，中華書局 2006 年版，第 1 冊，頁 112。

> 句第一字用平不妨，此亦名爲換頭，然不及雙換。又不得句頭第一字是去上入，次句頭用去上入，則聲不調也。可不愼歟！……〔註 103〕

「換頭術」正是後來影響深遠的律詩「黏對」規律，其中已將四聲歸入平和上去入兩類。

由以上三則資料，可以斷定以下事實：

（a）至遲至唐人元兢，已將聲調二元化；

（b）聲調二元化的內容：將四聲分爲平與上去入兩類；

（c）至遲到唐殷璠，已用「側」來統稱「上去入」三聲，平仄對舉格局形成；

（d）「平側」對舉得到宋官方的認可和推廣，可謂深入人心。

（二）「平仄」的功能本質是什麼？

關於平仄的功能本質，可以從以下幾個層次去理解：

（a）從現代漢語語言規律看，聲調的本質是「音高走向」或曰「調形」，若對四聲進行分類，則四聲分類的依據當在於「調形」。

（b）「平仄」是對中古四聲的歸類，從語言規律類推，其歸類依據當依然是「調形」，具體而言，則是調形的平與仄。

（c）中古四聲具體「調形」今不能考，但據其名稱及唐《元和韻譜》描述「平聲哀而安，上聲厲而舉，去聲清而遠，入聲直而促」，約可以推斷，「平」聲乃是一個平調，「上」聲「調形」當上揚，「去」聲「調形」當下降，「入」聲「調形」當促收。則「上」「去」「入」三聲「調形」皆有起伏，歸爲一類，命名爲「側」，實屬自然。由此看出，「平仄」的分類，**「平」即是指「調形」平直，「仄」即是指「調形」不平**。宋韻書《廣韻》解釋：「平，正也」、「仄，側頃也」，可以佐證此義。

（d）四聲和平仄的聲律學功能，必從「調形」出發理解，才不

〔註 103〕盧盛江：《文鏡秘府論彙校彙考》，中華書局 2006 年版，第 1 冊，頁 159～160。

致有誤——「平」「仄」區分必須被理解爲由「調形」起伏而引起的自然旋律上的差別，而不能被理解爲由諸如「音長「音強」、「音高」等因素影響而產生的差別。

由於聲調總附著於一定的音段和語調，形成複雜的聲音現象，所以經驗上總會感覺聲調與「音長」、「音強」或「音高」因素相關，這是「聲調」或「平仄」最易被人誤解的地方。對於像後世四聲歌訣「平聲平道莫低昂，上聲高呼猛烈強，去聲分明哀遠道，入聲短促急收藏」這樣的感性經驗，我們必須作客觀分析，充分看到其複雜性，仔細將「音長」「音強」「音高」等因素從「聲調」描述中剝離，才有可能從中獲得關於聲調的正確信息。

（e）「平」「仄」組合的根本功能，乃在於加強「調形」，形成自然「旋律」。

從這一點出發，綜合上節關於「雙音節奏」的討論，我們可以得到一些有意義的結論：

i．「平仄」組合形成的是一種不同於音樂旋律的特殊「旋律」——「平曲律」。

如果說，四聲的交錯互用尚可以形成較簡單的、可以與音樂旋律相提媲美的某類旋律的話，那麼，「平仄」的二元組合根本不可能做到這一點〔註 104〕。「平仄」的組合功能只在於「平」與「曲」交替所形成的那一種特定「調形」功能——對於這一功能，我們尚無更好的

〔註 104〕四聲與五音事實上俱能相配，周邦彥、姜夔、沈璟、謝量淮等曲家們皆能以四聲通於五音，魏良輔改良戲曲做的亦是同樣一件事情，吳相洲在《永明體與音樂關係研究》（北京大學出版社 2006 年版）一書中搜羅了唐段安節、元兢、民初王季烈、近人王光祈、當代李健正、欒桂娟等關於四聲與五音相配之具體原則——本文認同其討論，惟相配方法多元，需要進一步揭示。四聲二元化則削弱了相配的豐富性，並不是曲家們的首選方向，《永明體與聲樂關係研究》所引淵實、朱光潛、劉堯民，郭紹虞諸人的觀點，皆以爲四聲二元化不可能完成音樂任務，本文認同諸人基本思想，惟四聲二元化的事實曲折，尚需進一步研究。

指稱，姑且名之爲「旋律」——但是這一功能的存在則是我們無比熟悉、無可質疑的。

ii. **重疊和交替遞用是目前任用平仄最普遍的方法。**

A. 當這一方法與「雙音節奏」相結合，就形成我們熟悉的「平平仄仄」和「仄仄平平」格式。「平平仄仄」和「仄仄平平」既不是王力所說的「長短律」，也不是王光沂意圖構造的「輕重律」，而是雙音節奏控制下的「平曲律」，它直接指向的是雙音節奏下的一種具有獨特韻味的平曲旋律。或者說，這一成熟的「平仄律」格式實質上包含著不同性質的兩個聲律成分：雙音節奏和平曲旋律。

B. 當這一方法與押韻相結合，構造出「竹竿律」，就形成我們所熟悉的各種竹竿型律句。**「竹竿律」所造就的完美律句和一般律句**（**詳見下文擬定**），**實質上包含著三種相互獨立的聲律要素：雙音節奏、平曲律、尾韻。**「一般律句」與「完美律句」的區別，只是在「雙音節奏點」事實（見上文討論）控制下顯示出的更細微的差別，在律句「平曲」規律層面上，其差別可以忽略不計。

iii. **不排斥存在其他同樣普遍的關於平仄的運用方法。**

如事實證明：

「仄平仄」連用具有很好的提示作用，常用於律詩和詞的「出句」；

「仄仄仄」連用亦具有一種強烈的預示作用，常被詞用於出句；

連平節或連仄節，在六言句式中，也是一種常見的平仄運用方式。

（三）「平仄」劃分隨四聲分化發生變化嗎？

這個問題發人深思。

從語言學角度來看，「平仄」劃分，必然隨四聲「調形」變化而變化。具體來講，從中古切韻系到近古中原音韻系，四聲由「平、上、去、入」，漸變成「陰平、陽平、上、去」，若對近古聲調系統作平仄劃分，則「陰平歸『平』，陽平、上、去當歸入『仄』」，必然與中古劃分不一樣。

但從文學實際情況看，這個問題就變複雜了。因爲事實上，首先，自唐以來，人們以變化了的平仄系統去誦讀唐詩，並沒有發生音律有所損失的感歎；其次，我們當代人以普通話讀唐詩，似乎也仍然能感受到其非凡的韻律效果；再次，從唐到清，作詩詞者凡講平仄，均依古切韻系（宋以後用平水韻），四聲仍作平上去入，並不顧及實際聲調的變化，而令人驚訝的是，這種「以古四聲分類方式創作詩歌，以今四聲分類方式接受詩歌」的「誤打誤撞」方式，居然連創作家也沒有提出任何疑問，誦讀者既沒感覺有什麼大的不便，也沒有感覺聲律效果有多大損失——就好像「平仄」變化不存在似的。

從語言學和從文學聲律實際情況得出的看似矛盾的結論啓示我們——（1）要麼，「平仄」變化的事實內部隱含著一種沒有被我們發現的規律在起作用，這種不變的規律一直支撐著律詩的聲律特性，四聲變化了它卻沒有發生變化；（2）要麼，「平仄」變化的事實之外出現了一種新的聲律規律逐漸替代了原來的「平仄」規律，這種新的聲律讓我們感覺好像「平仄」規律仍然在起作用似的；（3）要麼，「平仄」變化的事實的確損傷了律詩的部份特性，但因爲平仄變化有限，所以我們感覺不到。

首先，我們排除掉第三種情況。我認爲這種情況存在的可能性不是沒有，但是幾率相當小。因爲，在忽略入變三聲的情況下，仍然很難解釋陽平的問題——按古平仄，陽平歸平聲，可是按今平仄，陽平當歸仄聲——陽平可是一大類聲調，且往往在押韻的位置，如果「平仄」的聲律學功能區別明顯的話，按今仄聲調去讀古平聲，是不大可能不產生問題，不大可能不被人覺察到的。如果承認聲律有損傷，卻又同時說感覺不到，這是很牽強的。

其次，我們討論第二種情況：「平仄」變化的事實之外是否會出現一種新的聲律規律逐漸替代了原來的「平仄」規律，讓我們感覺好像「平仄」規律仍然在起作用似的？

這種情況事實上已有人討論過，鄧國棟在《「平仄」今說》提出：

來源於古平聲的普通話第一、二兩聲和源於古仄聲的第三、四兩聲並不構成平仄對立關係，但是，在具體的修辭活動中，大多數人並不瞭解這一點，只知「平分陰、陽」，不「陽平非平」，錯誤地把普通話第一、第二聲當作平聲，把第三、四兩聲當作仄聲，並以此精心選擇與匹配，追求語言的音律美。奇怪的是，運用這種來自誤解的方法竟然十分有效，其文辭既讀來順口，又聽來悅耳，能夠產生音律和諧，起伏有致的修辭效果。這是什麼原因呢？理論研究必須服從語言事實。現在，擺在我們面前的是如何解釋這種客觀存在的修辭現象。我認爲：**普通話第一、二聲跟第三、四聲仍然可以構成對立關係，這種聲調關係雖說是古漢語「平仄對立」的現代形態，但其學術名稱應叫作「抑揚對立」**。所謂「抑揚對立」是指聲調音高線上行與下行的對立。「揚」的字面意思是升高，在音理上，其發聲過程表現爲聲帶由不太緊張漸變作緊張狀態，音高特徵是調末頻率量值大，即調形線指向高音，在聽覺感受上，表現爲高昂、響亮、開放、張揚，「抑」的字面意思是下壓，發聲時聲帶由緊張狀態變作鬆馳狀態，調形末端頻率小，即指向低音，在聽覺感受上，表現爲低沉、收斂、音高衰減、色彩暗淡。平直聲調在「抑揚」中應視其頻率大小決定類屬，高平調末端頻率大，是「揚」調，低平調末端頻率小，是「抑」調，中平調屬於不抑不揚。就現代北京話而言，不存在中平調，所以，第一聲和第二聲是揚調，第三聲、第四聲及輕聲一般屬抑調。第二聲讀作〔35〕，又叫作高升調，是典型的「揚聲」，第一聲讀作〔55〕，調末頻率最值大，也可歸入「揚聲」第四聲讀作〔51〕，調值名稱爲全降調，是典型的「抑聲，第三聲本調讀作〔214〕，也可讀作〔212〕或〔213〕，調值的基本特點是低音，因此可以歸入「抑聲」第三聲有兩個音位變體，一個讀作〔35〕，一個讀作〔211〕或〔11〕，前者應歸入「揚聲」，後者爲「抑聲」至於輕聲，

> 發聲時間最短，讀來又輕又快，可以看作「抑聲」。由此可見，我們認定普通話聲調存在「抑揚對立」是有充分的音理學根據的。也正是**由於現代漢語事實上存在這種「抑揚對立」，所以，我們的修辭學書文才能夠沿用「平仄舊說」去解釋今天的語言現象**，使人不但承認它作爲一種修辭方式的合理性，而且在教科書中當作「平仄對立」處理，幾乎沒有人意識到有什麼錯誤之處。〔註 105〕

這是非常精彩的一段話，筆者實在忍不住再煩引一遍。鄧國棟提出「抑揚對立」（啓功曾提出「抑揚」對立，不過其觀點不包含對任何語音變化的估計）取代「平仄律」而成爲律詩新聲律的學說，雖尚無語音試驗驗證，其結論未必就正確，但他的思路的確是富有開創性和啓發意義的。從他的討論我們不得不承認一個事實：**創作實踐告訴我們，四聲的聲律學分類，除了可分爲平仄對立外，也可以分爲陰平陽平和上聲去聲的對立**——這的確是一個開創性的發現，剩下來給理論家的任務就是如何去解釋這種新的對立了。

最後，我們來討論第一種可能：「平仄」變化的事實內部是否可能隱含著一種沒有被我們發現的不變的規律，正是這種不變的規律一直支撐著律詩的聲律學特徵？這種討論可能已經走得太遠了，但筆者還是願意就此將話題再拓寬一些。我們先來看兩個事實和兩個構想：

事實一：**平和上去入的對立可以產生一種我們稱爲「平仄律」的聲律模式；**

事實二：**陰平陽平和上聲去聲的對立可以產生一種我們尚不清楚其性質鄧國棟稱爲「抑揚對立」的聲律模式；**

構想一：陸丙甫、王小盾在 1982 年提議：

> 如果普通話四聲可以從音響效果止分成兩大類的話，那麼就應該是去聲和非去聲的對立，而不是平聲（陰平、陽平）和仄聲（上、去）的對立。換言之，應該以體現了降和非降對立的去聲、非去聲兩分法，來取代中古漢語中

〔註 105〕鄧國棟《「平仄」今說》，《咸陽師專學報》1997 年第 5 期。

> **體現了平和不平或鬆和緊對立的平仄兩分法**。如果模仿古漢語的平仄命名法，不妨把去聲稱爲「急聲」，因爲它的降落相當急劇。而把非去聲稱爲「舒聲」，因爲它們或者是平調（高平調的陰平，接近低平調的上聲），或者是較平緩的升調（陽平），總之都有舒緩的特點。〔註106〕

構想二：鄧國棟的另一個提議：

> **普通話「四聲」按本調可分爲「一平對三仄」，再加上「仄聲平化」**，界線還是比較清楚的。需要進一步說明的是，現代漢語所劃分的平仄跟古漢語的平仄內容並不一樣，因此，一個應稱作「古平仄」，一個應稱作「今平仄」。

上述列舉了關於詩歌進行聲調歸類時的兩種事實和兩種構想，這四種情況是否存在某種隱含的共通性呢？據筆者分析，這種共通性是存在的，那就是，它們都是以或試圖以二元分法來將漢語聲調歸類簡化，以形成某種易於控制且具有明顯聲學效果的聲律模式。從這個角度看，隱含在「平仄」變化內部的不變的東西也是存在的，這一東西就是：**漢語詩歌總是試圖以各種方式實現「聲調二元化」——「古平仄」是最古老的模式；「陰陽平對上去」是緊接著的模式；「一平對三仄」「去與非去的對立」則是當代人的設想模式**。

那麼，是否還存在其他類型的二元對立模式呢？這的確是一個有趣的問題，但這個問題離本文已經很遠了，還是留待後人來回答吧。

從上面關於三種可能的討論看，第一種可能和第二種可能之間實質上是共通的。筆者傾向於第一種和第二種可能性，即**「平仄」的劃分只是更基礎的「聲調二元化」規律的一個表現**，隨著四聲聲調的實際變化，「平仄」的劃分本身也應該變化，同時也可能被其他類型的「聲調二元化」所取代。「聲調二元化」可能是漢語聲律規律中比「平仄」更有生命力的規律。

〔註106〕陸丙甫、王小盾《現代詩歌聲律的聲調問題——新詩宜用去聲、非去聲的對立來取代平、仄的對立》，《天津師範大學學報（社會科學版）》1982年第6期。

（四）「平仄」劃分在當代普通話系統中還起作用嗎？

從上述討論可以看出，當代普通話系統中，對律詩起作用的聲律模式是建立在「陰陽平與上去聲對立」的基礎上的。「平仄」的劃分實際上已較少參與聲律貢獻了。

（五）從聲律功能角度看，聲調還有其他歸類方式嗎？

從聲律功能角度看，聲調的歸類方式的確不是唯一的。聲調二元化的成功方式歷史上至少有兩種。

（六）四聲歸類與四聲字的數目有關係嗎？

這是一個需要論證的問題。從歷史上兩種成熟的四聲分類看，對立的兩類聲調應該包含差不多數目的漢字，這有利於形成對立均勢，方便詩歌的使用。

第六節　「竹竿律」再討論

「竹竿律」是啓功先生對漢語律句觀念的理論總結。上面我們已經討論了關於「漢語律句觀念演變」「三家律句觀念比較」、「漢語聲調、節奏、平仄的本質」等一系列問題，下面我們將結合這些討論對「竹竿律」作更深入的分析，觀察掩藏在「竹竿律」下一些更普遍的聲律原理，並探討這些聲律原理怎樣逐步完成了對「竹竿律」的構建，從而更進一步理解「竹竿律」作爲一個集大成的聲律規律的歷史貢獻。

一、「竹竿律」性質

（一）「竹竿律」是「聲律」而不是「樂律」

漢語有兩種「律」的觀念（1）音樂的（2）文字的，分別稱爲「音律」和「聲律」，或者「樂律」「格律（文字律）」。如

> 詩言志，歌永言，聲依永，律和聲。（《尚書——堯典》）

其中的「律」指的是「音律」「樂律」。而「律詩」的「律」，指的則是「文字格律」或「聲律」。由於漢語詩、歌分合，是非常複雜的現

象，詩、歌分離作為世界詩歌發展史上的普遍趨勢，在漢語文學中體現得並不典型，在詩、歌相合的年代裏，人們往往雜用兩種「律」的術語和觀念，這導致了許多誤解和糾纏不休的問題，所以在這是首先澄清這兩種「律」的觀念。我們明確，「竹竿律」屬於文字格律——「聲律」的範疇。

（二）「竹竿律」是「平仄律」而不是「四聲律」

漢語「聲律」有兩個系統：「平仄系統」和「四聲系統」。除押韻外，主講平仄的，可稱為「平仄律」，屬於「平仄系統」，除押韻外還需嚴講四聲配合的，可稱為「四聲律」，屬於「四聲系統」。如「永明體」即屬於「四聲系統」，律詩則屬於「平仄系統」。我們明確，「竹竿律」是屬於「平仄系統」的聲律規律，它的性質是「平仄律」。明確這一點，對下文的深入討論將大有幫助。

二、「竹竿律」聲律要素的聲律原理分析

「竹竿律」是從下列一些重要的聲律現象中總結出來的：雙音節奏、平仄重複遞變、三字腳、押韻。其中包含的聲律要素很多，主要有：節（步、頓）、節重音、韻、句重音、平仄等。這些聲律要素都蘊含著豐富的基本聲律原理。下面對這些聲律要素及其蘊含的聲律原理作具體分析。

（一）四大聲律原理

我認為，漢語聲律至少有四個深層的聲律原理，依據其重要性，依次排列如下：一、節奏原理；二、復現原理；三、協對原理；四、側重原理（不平等原理）。觀察這些原理的重要性，只要看看它們在詩歌中的表現即可。

為什麼節奏排第一位呢？這源於三個基本事實：新詩並不甚重視「復現原理」和「對立原理」，不僅放棄了「平仄相重」、對仗，甚至連押韻也並非必須，但是只要它具備一定節奏，無妨於它成為詩；現

代五七言民歌和永明體之前五七詩也都沒有平仄相重，有時亦無對仗，但因有相應的節奏，仍給人以詩的感覺；由語音變化帶來的「輕聲節奏」對「雙音節奏」的取代，直接導致了舊詩體系的崩潰和新詩的誕生。由此推斷，節奏可能是詩歌的第一要素，或者說，詩歌首重節奏。一篇沒有節奏的文字，可以說是基本上喪失了詩歌的資格。

爲什麼「復現原理」能排第二呢？因爲「復現原理」對於漢語詩律實在重要，是漢語詩律的另一個基石。相同或相似的要素在詩歌中反覆出現，自然對節奏和韻律都會有莫大幫助。漢語詩歌有很多運用「復現原理」形成的聲律規律。其中最重要的是重章疊唱，詩經的重章疊唱，其爲人樂道自不必說，詞發展到宋以後，基本上是雙調的形式，也可見其重要性。同樣重要的是押韻，對句尾韻的重視，可以說漢語比其他任何一種語言都更加嚴厲，只要看看歷朝歷代韻書的森嚴規定，以及韻書在各自朝代的崇高地位，簡直就可以說，沒有押韻就不能算是詩歌。其次，「平仄相重」也是「復現原理」的重要表現，由「平平」和「仄仄」構成的旋律，是律詩的基礎部份之一。再次，在民歌和文人詩中，運用「復現原理」所形成的雙聲、疊韻、頂眞、連環等聲律現象，也非常普遍，並且往往美學效果驚人，如被譽爲南北朝民歌雙璧之一的「西洲曲」，以及被譽爲「孤篇橫絕全唐」的《春江花月夜》等，就是最典型的例子。

「協對原理」，也就是運用兩種對立要素產生和諧效果的原理。「協對原理」無疑是中國詩歌又一個十分重要的原理。如律詩的對仗現象、平仄遞變現象，都是這一原理的有力表現。事實上，對的原理不僅表現在律詩中，在文章中更是被運用到了極致，形成了一種獨具中國特色的文章體系——駢文體系；同時這一原理還通過「對聯」形式進入中國人的日常生活，成爲中國人風俗習慣的一個部份。「協對原理」在中國的發達是有原因的，中國人的哲學觀從周易老子開始，就主講二元對立統一，二元思維簡直深入中國文化的骨髓。如果說，「協對原理」所形成的對仗現象是漢語最具民族特色的語言現象，那是毫不誇張的。但客觀地講，這一「原理」在近古以後有所削弱，在近代（新文化運動後）更是幾近拋棄，新詩中已鮮見其跡，因此只能將它排在「複沓原理」之後。

「復現原理」與「協對原理」在詩歌聲律中往往成對出現，劉勰對這兩個原理曾有過精闢表述：

> 異音相從謂之和，同聲相應謂之韻……屬筆易巧，選和至難，綴文難精，而作韻甚易。雖纖意曲變，非可縷言，然振其大綱，不出茲論。〔註107〕

這裡所講的「和」「韻」，就是「復現原理」「協對原理」的另一種表述。劉勰非常自信地說「雖纖意曲變，非可縷言，然振其大綱，不出茲論」，可見他對這兩個原理的重要性的認可程度。

除了上述三個顯而易見的原理之外，還有一個易於被人忽視的漢語聲律原理——側重原理或曰不平等原理，在這裡不能不提。如「一三五不論，二四六分明」這個常見的歌訣中就隱含著「不平等原理」的存在——一個重要的「重音原則」：即在**雙音節奏中，兩個單音的誦聽地位是不平等的**，其中，處於節奏點的音常常起主導作用，其地位要明顯高於非節奏點的音，誦聽起來感覺要重，在漢語言學中，這種規律被稱爲雙音詞「後重」（詳見上文「節奏的本質——雙音節奏點」節）；具體到七言律句，就是處於節奏點的「二四六」位置上的字，因地位重要，故要求嚴守平仄遞變規律，平仄必須分明，而處於非節奏點「一三五」位置上的字，地位不太重要，在多數時候就可以不論了。

再如律句中的各「小節」，其聲律地位也是不平等的。啓功在分析五七言律句各「小節」的格律地位時，專設了「律句中各節的寬嚴」一節，其中說：

> 律詩無論五言句或者七言句，以部位論，是下段比上段嚴格……從以上各例中，可以證明，律句中部位的寬嚴

〔註107〕范文瀾：《文心雕龍注》，人民文學出版社，1958，頁552～553。

層次，是愈往下愈嚴的。排列來看：

最寬　次寬　次嚴　最嚴

甲乙　丙丁　戊己　庚

可知五七言律句是上部寬而下部嚴，最寬於發端而最嚴於結尾的。〔註 108〕

很明顯，啓功充分注意到了律句中各節格律地位的不平等。由這個不平等，啓功成功的解決了「三字脚」的格律問題：啓功認識到句尾「三字脚」的在整個句式中的核心地位，提出了「三字脚」必嚴守「竹竿律」的論斷。這一論斷成功解釋了律詩「三字脚」具有特殊嚴格的平仄規定的現象。(「三字脚」現象，首先得到了林庚的注意〔註 109〕，但林庚主要關注的是節奏，其格律問題，則是由啓功首先注意到的。「三字脚」的格律問題，是整個律句問題的關鍵，解決了，就能得到統一的律句觀念，沒有解決，就很難形成統一的律句觀念。王力就因爲沒有解決這個問題，所以只能列舉律句的類型，不能統一律句認識。受到「仄平仄」脚和「孤平」現象的干擾，王力始終不能重視或者認識到以下兩個事實：(1)「一三五不論」的底層規律是平仄遞變，平仄遞變可以徹底運用到所有格式中，故「仄平平仄仄」可替代「平平平仄仄」的基礎性地位，而成爲基本律句（王力認爲「平平平仄仄」是正格，「仄平平仄仄」是變格）；(2)「一三五不論」中，「一三」約可「不論」，受三字脚「地位影響，「五」則「必論」（王力認爲一三五不一定不論，二四六不一定分明，他混淆了特殊與一般的區別)。如果說，忽視第一個事實是因爲對平仄遞變規律貫徹不力，那麼，忽視第二個事實則完全是因爲沒有注意到存在於三字脚處的這種特殊的不平等原理)。

還有，在律詩中，**「平」與「仄」的地位也不是對等的**。一般來講，平的影響一般要略高於仄。如體現在押韻上，律詩一般主張押平

〔註 108〕啓功：《漢語現象論叢》，北京：中華書局，1997，頁 188～189。

〔註 109〕林庚：《五七言和它的三字尾》，文學評論 1959 年 02 期。

韻；體現在某些句子中，平可以代仄，仄則不適宜代平，孤平現象甚至受到嚴令禁止（分別參見「三家平仄觀念比較」一節王士禎和王力、啓功的意見）。這大概是由於前人認爲平聲具有更特殊穩定的音響效果。啓功就曾經直接指出過：

律詩中平聲的嚴格，是過於仄聲的。〔註110〕

總之，「不平等原理」也是聲律規律的一個重要原理，很多重要的聲律規律都隱含著它。但由於其很隱蔽，往往容易被人忽視掉，而造成許多理解上的脫節，這一點是必須給予充分注意的。

（二）竹竿律包含聲律要素的聲律原理分析

下面，我們以四大聲律原理來具體分析「竹竿律」聲律要素的性質。爲了觀察的方便，我們將「竹竿律」聲律要素涉及的聲律原理列成表格：

表2－2　「竹竿律」包含的聲律要素與聲律原理

「竹竿律」涉及的聲律要素	節奏原理	復現原理	協對原則	側重原理
頓（節、步、平節、仄節、其他）	√			
頓重音（頓尾重於頓頭）				√
平仄區分			√	
平聲的影響大於仄聲（平重於仄）				√
平仄相重		√		
平仄遞變			√	
句尾重心（句尾重於句首）				√
三字腳	√	√	√	√
韻（四聲韻、平仄韻、雙聲韻）		√		
黏		√		
對仗			√	

〔註110〕啓功：《漢語現象論叢》，北京：中華書局，1997，頁189。

從上述表格，我們可以清晰的感受到「竹竿律」作爲律句的集大成規律，其本身所包含的豐富的聲律內容，以及這些內容背後所隱含的豐富的聲律原則。

「竹竿律」是集合「節奏原理」「復現原理」「協對原理」「側重原理」等基本聲律原則，在這些原則的共同作用下形成的一個聲律體系。這些原則在「竹竿律」體系中所起的作用並不是相同的。大致來講，「節奏原理」是基礎，沒有雙音節奏的成熟，就沒有律句的形成；「重與對的原則」所起的作用則平分秋色，大致相同，它們共同完成了對「平仄遞變」「三字腳」「黏對」等重要聲律規律的構建；至於「側重原理」，則亦不可忽視，它給「竹竿律」和律句帶來了靈活性和可操作性，沒有「側重原理」所支撐的「頓尾重於頓首」「句尾重於句首」，就不可能形成「一三五不論」的簡便法門，「竹竿律」的實用效果就會大打折扣。

當然，這只是籠統的分析，我們還應該清晰的看到具體規律的複雜性。如果我們觀察各種細緻的規律，我們就可以發現宏觀原理在這些具體規律中並不總是互相融洽、互相兼容的。如「三字腳」嚴格的平仄規定——因爲要順應「句尾側重原則」，保證三字腳的平仄，就打破「頓尾側重原則」，將「一三五不論」修正爲「五必論」，從宏觀上看，就是「側重原理」讓位於「複沓原理」的一個例子。事實上，諸多具體的規律，受制於不同的聲律原理，是各種聲律原理相互博弈、相互協調的結果。各項原理之間是補充、修正的關係。每一項原理在具體聲律規律中所起的作用，是應該具體分析的。

綜上說述，「竹竿律」不僅僅是一項聲律規律，而是關於律句規律的一個非常豐富完備的理論體系。

三、「竹竿律」的理論突破

我們說過，「竹竿律」是一個豐富完整的理論體系，是一個集大成的作品，它糅合了前人的經驗和啓功自己的創造。那麼，相對於前人，啓功先生最主要的理論突破在哪裏呢？

我認爲，相對於王力，啓功的「竹竿律」有以下重要突破。

第一，堅持「平仄遞變」規律的基礎性地位，並予以理論解釋。

我們知道，王力在平仄遞變上是矛盾的。它一面在理論敘述中模糊地將其作爲一個聲律原則，一面又在實際討論中說「二四六不一定分明」的話，它的態度始終是遊移的，不堅定的。可見他對這一原則的聲律意義認識不足。而啓功則在所有討論中都堅定不移的貫徹了這一規律，並從理論角度予以了堅決肯定。**「平仄遞變」規律是受到當代雙音詞後重實驗結果支持的。**

第二，發現不平等原理的兩個具體規律：「節尾平仄嚴於節首」「尾節格律嚴於首節」，並將其運用於解釋特殊聲律現象。

啓功發現了「節尾重於節首」的事實，將其運用到律句中，形成「節尾平仄嚴於節首」的觀念，並發明「平節」「仄節」概念，來解釋「一三五不論」背後隱含的合理性。雖然啓功那時候尚無實驗證明「雙音節後重」的音節重音規律，但啓功仍然敏銳的覺察到這一現象的理論意義，舉「盒底重於盒蓋」來概括這一現象，並將它提升到理論高度，實際上承認了「一三五不論」隱含合理性。「一三五不論」的存在實際上鞏固了「平仄遞變」合理性。而在王力那裡，模糊提出「一三五不一定不論」的觀念，更多的是將「一三五不論」作爲反面經驗嚴加討論的。

啓功發現了律詩「各節寬嚴不同」的事實，將其運用到律句中，形成「尾節格律嚴於首節」的觀念，並依據這一觀念，結合事實，提出「五則沒有不論的」的觀點，並提出「三字腳」必須嚴守平仄（結果是形成各種符合完美竹竿規律的三字腳，啓功只是羅列了幾種三字腳，沒有給予名稱，我把它命名爲「完美三字腳」或「竹竿三字腳」）。

「節尾重於節首」的認識，也許只是傳統的發揮；而「各節寬嚴不同」，則完全是啓功的發現。上文已討論過，這兩個發現對於律句理論是關鍵性的。

第三，發明「竹竿律」，以「竹竿律統帥各種律句現象，將「竹竿律」運用到分析所有詩文句式。（啓功只有比方和實際應用操作，沒有給予明確命名，這個名稱是我給概括的）

如果非要指出啓功的「竹竿律」還有什麼不足的話，那麼也可以在這裡吹毛求疵找到幾點。首先、啓功先生將竹竿律的平仄解釋爲「揚」和「抑」，恐怕仍然值得商榷；第二、啓功並沒有明確提出「竹竿律」「完美三字腳」「竹竿三字腳」等理論概念，這些概念需要後人從他的著作中自己體會；第三、在個別細節的討論處還可商榷，如關於「孤平」的認識，關於律句合律問題的具體判斷，以及各種拗句的具體歸類等等。其中有些問題，如竹竿律的本質，孤平的評價，拗句的認識，仍然是懸而未決的問題，大有進一步研究的餘地。

第七節　律句概念約定

上面我們已經討論了關於「漢語律句觀念演變」「三家律句觀念比較」「漢語聲調、節奏、平仄的本質」等一系列問題，並結合這些討論對「竹竿律」作了更深入的分析，證明**「竹竿律」是一個豐富完整的理論體系，是一個集大成的作品，它糅合了前人的經驗和啓功自己的創造，是迄今爲止關於律句問題的最完善的理論**。

爲了討論的方便，下文將以啓功的「竹竿律」爲理論基礎，修正其不嚴密的地方，約定更爲明確的律句概念，作爲本書律句討論的基礎——以後如未特加說明，關於律句的所有討論均以此處釐定概念爲準。希望這樣的規定能夠減少分析過程的模糊性，爲本書的研究打下一個堅實的基礎。當然，這種規定不可避免要傷害到文學的靈活性和活力，這也許就是理論的代價吧，希望研究的最終結果將證明這不是一些作繭自縛的規定。

一、律句相關概念的約定

在唐宋金元互認的四聲系統裏，即（1）四聲以《詞林正韻》爲參考，（2）平仄按中古「上去入歸仄聲」處理，針對雙音節奏控制的一般句式（特殊節奏的句式如經轉化可變成一般句式，如領字句，則其格律依一般句式分析。以下如未特加說明，皆作同樣處理），我們作以下約定：

約定一：完全遵循竹竿律的句式稱為完美律句。

推論：各言完美律句皆有四種類型。

約定二：各言句式凡符合以下兩原則（1）偶位遵守竹竿律（即偶位平仄交替）（2）三字腳遵守竹竿律，即為律句，不符合者稱為非律句。

推論：偶言句三字腳符合竹竿律即為律句。

推論：律句偶位合竹竿律，奇位則除三字腳守竹竿律外，可不論。

推論：律句能保證基本的聽覺效果，而不能保證更高級的語聽效果，故律句不排斥四聲聲律。

推論：律句必然動聽，然動聽者不一定為律句。這是由語境影響和四聲複雜性決定的。拗句存在的根本原因乃在於此。拗句有兩種類型，一是律句進入語言氛圍後的常用變形，如「平平平仄仄」若作一聯出句，常變形為「平平仄平仄」，一是摻入四聲聲律後的特殊聲情句，兩者本質上略有不同，本文不作詳細區分。

推論：各言皆有四類基本律句，律句的基本類型可由末二字平仄判定和表示。某律句基本類型可以簡化表示為：「n○○」。

（1）三言基本類型四類：

「仄仄平」可表示為「3 仄平」

「仄平平」可表示為「3 平平」

「平仄仄」可表示為「3 仄仄」

「平平仄」可表示為「3 平仄」

（2）五言基本類型四類：

「○平仄仄平」可表示為「5 仄平」

「○仄仄平平」可表示為「5 平平」

「○平平仄仄」可表示爲「5 仄仄」

「○仄平平仄」可表示爲「5 平仄」

（3）七言基本類型四類：

「○仄○平仄仄平」可表示爲「7 仄平」

「○平○仄仄平平」可表示爲「7 平平」

「○仄○平平仄仄」可表示爲「7 仄仄」

「○平○仄平平仄」可表示爲「7 平仄」

（4）四言基本類型四類：

「○仄仄平」可表示爲「4 仄平」

「○仄平平」可表示爲「4 平平」

「○平仄仄」可表示爲「4 仄仄」

「○平平仄」可表示爲「4 平仄」

（5）六言基本類型四類：

「○平○仄仄平」可表示爲「6 仄平」

「○平○仄平平」可表示爲「6 平平」

「○仄○平仄仄」可表示爲「6 仄仄」

「○仄○平平仄」可表示爲「6 平仄」

（這一判斷和表示方法發明於洛地，在今後研究中將常常使用）

可見除韻腳字外，末尾第二字也是具有格律區別意義，今後，爲表示韻位和倒數第二位的重要性，我們稱韻位字爲「腳」，倒數第二字爲「踝」，這樣，我們就可以說，律句的類型由「腳」「踝」位置的平仄決定。

約定三：具有特殊聲律效果且相對常見的非律句稱爲拗句。常見拗句如「平平仄平仄」、「仄仄仄」、「仄平仄」等。

推論：拗句必是非律句，但非律句不一定是拗句。非律句只有滿足兩個條件（1）相對常見（2）具有特殊聲律效果，才能進入拗句範疇。

說明：這一定義有助於將那些毫無美感可言的非律句與具有聲律

美感的非律句區分開來。只有後者，才值得我們去關注和研究，換句話說，非律句中只有拗句部份，才是我們應該研究的對象。

約定四：以下兩類句式，具有近似律句的效果，稱爲近律句

（1）處於韻段中間位置的「仄仄仄」，「仄平仄」，

（2）偶位雙平或雙仄的六言句。

推論：近律句屬於非律句。

推論：近律句是最接近律句效果的拗句。

二、各約定概念之間的關係

關於各種律句概念之間的包容關係，見下圖。

律句概念關係圖：

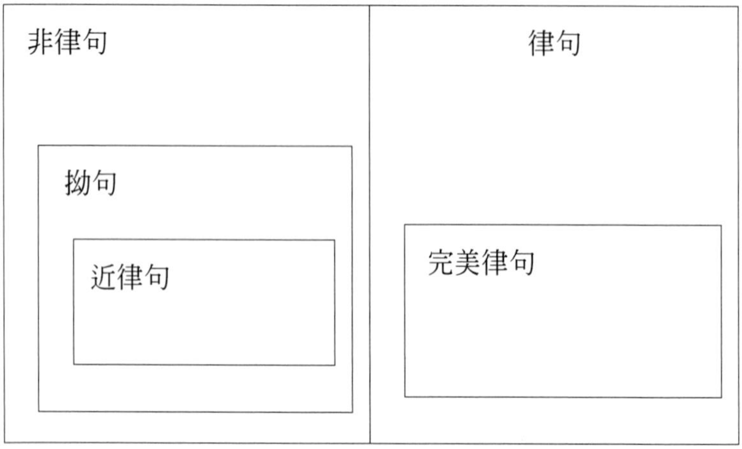

非律句

拗句

近律句

律句

完美律句